Gumucio, Rafael
Milagro en Haiti

DISCARD

DISCARD

Milagro en Haití

Milagro en Haití

RAFAEL GUMUCIO

LITERATURA RANDOM HOUSE

Primera edición: octubre de 2015

© 2015, Rafael Gumucio, c/o Casanovas & Lynch Agencia Literaria, S. L.
© 2015, de la presente edición en castellano:
Penguin Random House Grupo Editorial, S. A. U.
Travessera de Gràcia, 47-49. 08021 Barcelona
© 2015, Penguin Random House Grupo Editorial, S. A.
Merced, 280, piso 6, Santiago de Chile

Printed in Spain – Impreso en España

ISBN: 978-84-397-3020-0
Depósito legal: B-18740-2015

Impreso en Egedsa (Sabadell, Barcelona)

RH30200

Penguin
Random House
Grupo Editorial

Para Carlota

Negra como el carbón, más negra que todos los negros juntos, piensa Carmen Prado mirando de reojo la sombra que la vigila. Ahí sentada, a un metro de su cama, la silueta oscura que le tapa la ventana, hedionda a aceite, cebolla, sudor y pescado. ¿Quién es? ¿De dónde vino? ¿Por qué está aquí? No es nadie que ella recuerde, nadie que exista, ni animal ni mineral, o quizás es las dos cosas al mismo tiempo, un pedazo negro de noche condensada que la conoce mejor que ella misma, un paño blanco enrollado sobre la cabeza, los ojos amarillos de gallina o de pantera apuntando en diagonal hacia el suelo para no mirarla directamente.

—Está bien...

Acepta la protección de la mole tranquila que la cuida.

—Está bien...

Lejos, estoy lejos, no es mi casa esta, no, no es mi casa. Pero qué importa, está bien, vuelve a aceptar para sus adentros, segura de que está todo en armonía, perfectamente regulado, segura de que puede dormir ahora, de que tiene que dormir, de que es lo único que puede hacer, dormir, seguir durmiendo, dormir sin peso, sin medida, hasta llegar al fondo de algo frío, una caverna, una cueva llena de siluetas, de sombras, el primer día de la humanidad.

La fiebre la suelta dos horas después. Intenta algo más esa mañana: mover las manos, levantar el pecho, alzar la vista hacia la ventana abierta, contemplar los colores, la multitud que baja de los cerros. Haití, recuerda cuando se da cuenta de que son negros los que llenan la calle sin vereda que se ve desde su ventana. Un día tranquilo, una luz feliz, la gente que sonríe llevando frutas, ollas, latas de colores sobre la cabeza.

Las sábanas frías y tirantes sobre el cuerpo sin fuerzas, su brazo conectado a una sonda que cuelga como un pájaro muerto de una percha de metal. Los muros verdosos de la clínica particular donde la encerraron, el rumor de las voces en la calle, el calor que la aplasta sin piedad, todo le recuerda que no puede moverse mucho, que no está en su casa, ni en su país, ni en su cuerpo siquiera.

¿Dónde estoy? Repetir Haití no le basta para calmarse. Como un sueño que no sueña ella, como una vida que no se parece en nada a su vida, está en Haití.

¿Cómo llegó aquí? ¿Quién la trajo? ¿Hace cuánto tiempo? Se acuerda y no se acuerda, no quiere recordar, recapitular, nada.

La fiebre, el calor, el frío, Chile como un refugio, ese infierno como un refugio. Infierno es mucho decir, le da para purgatorio, para limbo con suerte.

Da vueltas en la cama en posición cada vez más fetal, repitiendo para sus adentros «Chile, Chile, Chile…».

La estatua de una diosa cruel en medio de un jardín vacío, una calavera y dos tibias cruzadas en el plinto. Las enfermeras, los enfermos del hospital… ¿Hospital del Salvador?, adivina, los parientes dándose ánimos sobre un banco derruido, las sillas de ruedas brillando al sol, unas enfermeras comparando sus medias, la bodega donde se pudren las herramientas del jardinero que se viola a dos enfermos mentales, va a salir en el diario en cualquier momento, va a ser un escándalo. Archivos, papeleos, director, subdirector, jefe de servicios. No poder impedirlo, no poder hacer nada alegra profundamente a Carmen Prado. Todo ese patio verde de musgo y de espera queda condensado en un solo cristal intocable y perfecto, como sellado por sus ojos.

Qué frío hace a primera hora de la mañana. Primera hora de la mañana, qué bonito suena eso, y qué raro, «primera hora de la mañana». El lujo de hablar castellano para sí misma, la libertad infinita de ese idioma en que nadie la ve. La ollas llenas de agua de lluvia, el humo que hierve, el olor a mantas sucias, paredes desnudas, maderas usadas, los empleados riendo sin dientes en las entrañas del barco que era su casa, la galera y sus remadores, las máquinas sudando por la esquina de los muros. ¿Yo dónde? ¿Yo qué?

Se despierta de nuevo. No está segura de haberse quedado totalmente dormida. No sabe, no quiere distinguir un estado de otro. Tiene sed, ganas infinitas de rascarse la espalda. No logra hacer nada. No tiene brazos, no tiene fuerzas, no tiene ganas de nada, le duele todo; no le importa, se hunde entre los tubos, los cables, los puntos que le tironean la piel. Cabreada, castigada bajo ese cubrecama demasiado pesado para ella, Carmen Prado tiene sueño de nuevo, quiere dormir. Le sorprende ser capaz de eso, de decir «quiero dormir» y dormir así nomás, como una piedra al fondo del río, a cien mil metros bajo el nivel del mar, braceando más al fondo, entre el coral rojo y las palmeras submarinas bamboleándose al ritmo de la corriente, la sensación rara de no poder, de no querer respirar, de quedarse en medio de la corriente para siempre.

Nadie me ve.

Nadie me ve, repite para consolarse. Nadie la mira mientras se aleja, más arriba, más atrás en la corriente contra la que flota, se hunde, sube, no tiene cómo volver, la arrastran, se deja ir. El borde de la piscina de la casa de Sao Paulo, los mosaicos rotos en pleno verano, el agua estancada, los mosquitos, las amebas, el óxido, el meado al aire libre de los niños mal enseñados, donde se incuba el cólera que va a matar a media ciudad la próxima semana.

«¿Ve el futuro, señora Carmen?», le pregunta un joven periodista de los años treinta, con sombrero y libreta de taquigrafía.

«No», responde Carmen Prado.

«¿Ve el pasado entonces?»

No seas tonto, niño. Veo las cosas como son. Ni más ni menos, las cosas como realmente son, las cosas como son, las cosas como son, repite Carmen Prado orgullosa de imponerse sobre el caballero de la Orden de Malta en que se convirtió de pronto el joven periodista, que ahora tiene, además de sombrero, una medalla en el pecho con la cruz de los cojos que hay en los estacionamientos de los supermercados.

No hay cojo bueno.

«Lisiados, mijita, no se dice cojos, se dice lisiados, no hay lisiado bueno», le obligaba a decir su tía Momo. ¿Pero es peor decir lisiada que coja, tía? Buena, santa, mala, minusválida, inválida o como se diga, la tía que llena un puzle con sus dedos agarrotados de corticoides. Sola en el patio de la calle Manuel Montt, con todas las grúas y los bulldozers de la ciudad construyendo torres de veinte pisos alrededor de ella, y los duraznos, los gomeros, los balones de gas, la pandereta sucia del polvo que levantan las construcciones cuyo estruendo la tía Momo, en su silla de ruedas, logra no escuchar.

Sueños sí, recuerdos no, se ordena Carmen Prado.

Sueños sí, recuerdos no, la nostalgia es de maricones. La ternura es mentira. Yo no soy buena, yo no soy mala, soy de piedra, veo todo solo porque no elijo lo que puedo o no ver. Siente que si se apiada, si se arrepiente, si habla con los muertos, no va a volver con los vivos. Sabe que su vida depende de eso, de no decir los nombres de los muertos, de no saber lo que sabe de memoria, de flotar un poco por encima de la escena que no la toca, de que no la vean nadar, nadar, dormir, se ordena cuando por encima del oleaje flota la luz en los ojos, el ruido de la calle nuevamente en sus oídos, el tiempo continuo de allá afuera. El barco atraviesa las olas, baja con ellas hasta el fondo de la espuma, craquelean sus maderas. Matan a un cerdo recién nacido en el último patio de la residencia, doblan en dos un colchón podrido sobre los resortes de una cama, desinfectan todo, la Márgara agarra a las diminutas polillas entre los dedos y las mata.

—Es Rita —dice Niels, su marido danés. ¿Por qué danés, por qué tan joven, por qué tan serio? Ni un saludo, ni una palabra. Como si tuviera miedo de contagiarse, el marido le lanza sobre la sábana blanca una enorme cucaracha negra.

¿Qué es eso? Qué asco. Es el teléfono del que habla este imbécil, adivina. El tubo pegado a una enorme caja metálica que la Elodie sostiene para que no se le despegue del oído.

Un chirrido, la conexión que se pierde y vuelve.

—¿Mamá? ¿Eres tú, mamá? ¿Me escuchas? Estás loca, mamá, estás completamente loca... ¡Ya, pues, contesta!

Carmen Prado trata de sacar la voz desde esa estrecha jaula de pájaros que tiene en el pecho. No sale nada. Un chillido de ratón, un llanto de conejo, menos que eso, un pujido que la deja sin aliento al borde de la cama.

—Estás loca, mamá, tiene razón la Carmen Luz. ¿Operarte allá, mamá? ¿Justo en Haití, el país más pobre del planeta? ¿Tú no ves la tele, mamá? ¡Matan gente todo el día en Haití! ¡Cuelgan gente de los postes! Ahora mismo están matando gente delante de tus narices…

Son mentiras, Rita, son huevadas de los gringos, va a decirle, y no puede más que carraspear, ahogada como una tortuga fuera de su caparazón.

—Miami queda ahí al lado, mamá. Todo el mundo en Haití va a operarse a Miami, te apuesto. O a Cuba, si no te gustan los gringos. O a Chile, o a Suecia o a Dinamarca, de donde es este huevón de tu marido, da lo mismo, en cualquier parte menos Haití… ¿Estás ahí, mamá? ¿Me estás escuchando? —Rita se extraña del silencio de su madre, que solo alcanza a toser lo suficiente para apiadar a Niels, que le quita de las manos el teléfono satelital para responder él en su castellano monosilábico las dudas de Rita al otro lado del mundo.

No es así, no entiende nada este gringo, gesticula luego sin conseguir nada Carmen Prado.

—Tranquila, madame, tranquila, no trate más. Cálmese —dice la cocinera coronando su frente con un trapo húmedo del que tampoco puede defenderse. Sin voz, sin fuerzas, sin saber del todo Carmen Prado qué hace la metete de la Elodie aquí. Es cocinera, no enfermera la Elodie. Tenía unas enfermeras regias la clínica esta, negras como de concurso de belleza. Silencio absoluto en los pasillos, en las escaleras, en toda la clínica. ¿Adónde se fueron todas? ¿Las secretarias, los choferes, los otros doctores? Me dejaron sola con esta cocinera, no hay nadie más.

Y Carmen Prado recuerda ahora con un dejo de vergüenza cómo llegó a la clínica a operarse. El Mercedes Benz de la embajada danesa. Los anteojos negros gigantes para cubrirse la cara. ¿Jackie Onassis? Imelda Marcos más bien, maquillada y perfumada, con una muda de ropa en su bolso de viaje, como si fuese a una cita furtiva, a un encuentro con un amante clandestino al que tuviera que satisfacer por última vez. El segundo piso de una casa grande del lujoso barrio de Pacott, transformada a la fuerza en clínica privada, la de una discípula del doctor Pitanguy, la mejor, ¿la única?, clínica de cirugía estética de todo Haití; las secretarias con los labios pintados de rojo furioso; las fotos en la pared, Clinton con la Pantera, Jessie Jackson con la Pantera, Pelé con la Pantera, Aristide en distintas ceremonias con la Pantera; siempre con idéntica sonrisa, como si la hubiesen recortado de otra foto.

No es por plata, Rita. Tú sabes que no me importa la plata. Esto es carísimo, por lo demás, hay que pagar hasta por tomar aire, por salir a la calle, todo es privado, satelital en Haití. Me habría salido más barato operarme en Londres, o en Houston. Niels insistió en que lo hiciera en Dinamarca, donde todo le sale gratis.

No seas avaro, cabro huevón, le dije yo. No quiero viajar, no quiero que me operen unos extraños. Esta es mi casa, aquí todo el mundo me quiere. Yo soy de aquí, no quiero preocupar a nadie, y no quiero que nadie sepa nada en Chile, te mato si le cuentas a alguien. Es una sorpresa. Un regalo de Pascua. Eso era lo que yo quería: llegar a Santiago a pasar la Navidad, pero regia.

«¿Qué pasó? ¿Qué te hiciste, Carmencha?» Nada. ¿Por qué dices eso? Estoy igual. ¿Por qué me miran así todos? Estoy igual, me bronceé un poco en la playa, parece.

Nada, una manito de gato, que en el fondo es una pantera, la Pantera que mostrando todos sus dientes palpó su piel buscando qué parte quitar.

«Linda piel», la alabó la Pantera, como llamó Carmen Prado a la doctora desde la primera vez que la vio. «Aquí sacamos un poco, aquí también. Lindos brazos, lindas manos, estás muy bien hecha tú, mi amor», seguía adulándola la doctora mientras disponía la huincha y dibujaba directamente sobre su vientre. La sensación de que todo iba a ser breve y rítmico, como un baile. Algo discreto, algo elegante. La elasticidad, los poros, la esponjosidad de la carne que fue probando con hambre, como si su paciente fuese también su cena, y también su amada.

Soy un monstruo, Rita, necesito que me quieran hasta cuando me abren la piel. Necesito que me sonrían incluso cuando me van a arrancar la mitad de la carne. No me odies, Rita, no me odies, linda. Me duele, me duele todo, no tengo aire, no tengo fuerzas, no le importo a nadie. ¿Dónde más querías que me operara? Son unos creídos los cubanos, no los soporto, y los gringos para qué decir, tú sabes el asco que me dan los gringos, gime sin palabras Carmen Prado. Yo vivo en Haití, mijita, Haití es donde vivo, es mi país; como su comida, respiro su aire, me baño en su mar con olor a sopa. La gente muere aquí cuando está decidido que muera. Yo estoy salvada, mijita, me quieren, me admiran, me salvan acá, yo estoy protegida como en ninguna parte, le explica sin voz a la Rita con todo el apuro del mundo.

Yo no soy racista como todos ustedes en Chile. Los negros son detallistas, la doctora que me atendió tiene un montón de títulos detrás de su escritorio. No tengo miedo a la muerte.

No le tengo miedo a la muerte.

No le tengo miedo a la muerte. Tengo miedo por ti, por tus hermanos, por mis hermanos, pero no por mí. Yo no existo, yo no importo. Está bien que me maten si quieren matarme los haitianos, está bien que me resuciten también, yo no peleo, yo no saco nada con ganar la pelea. Nada de la rotería del *lifting*, esos labios hinchados, esos senos parados de las que se operan en Miami, ¿cómo se te ocurre, Rita, que me voy a hacer eso? No me importa ser fea o bonita, esta es una manito de gato solamente. Es un dicho chileno, hacerse una «manito de gato», le avisa al caballero de la Orden de Malta que está encargado de anotar todas esas frases raras que ella dice.

«A ver, a ver. Annelisse, venga para acá», llamó la Pantera a su asistente para que la ayudara a medirla, a calcular los puntos, a decidir cuánta piel faltaba o sobraba. Se transparentaba la mala voluntad de la adolescente, que sin embargo acariciaba su piel con una suavidad experta que hacía años, siglos, que no sentía. Un cosquilleo, unas sonrisas, como si se tratara de las pruebas para un vestido de noche, como se hacía cuando ella era una debutante de quince años en la embajada de Turquía. Empaquetada como un regalo, la debutante, llena de pliegues peligrosos que la hacían ver siempre más gorda, más torpe aun de lo que era a los quince años, tras esas largas sesiones para medir la caída de la tela, la concentración, el trabajo duro de la costurera sobre su cuerpo convertido en materia de estudio. No pierdan su tiempo, niñas, no hay caso, hagan lo que hagan las costureras siempre parezco un paquete de bombones. Estoy mal hecha, no tengo cuello, me falta pescuezo, como decía siempre mi mamá.

Pura coquetería si tú quieres, Rita. Nostalgia imbécil, todo por no decir que no, por no molestar a nadie, eso, el último traje que podía probarse, su última tenida de noche para las recepciones diplomáticas; porque a eso volvió, a ser lo que fue o lo que siempre debió ser, *madame l'ambassadeur.* Lo único que no busqué ser, Rita, tú eres testigo de eso. Huí lejos de todo protocolo, de todo honor, de todas las banderas, y volví de puro huir a esta casa en Haití que es más grande que todas las casas donde he vivido juntas, con tanto sirviente que hay que administrar y la gente que hay que recibir, entreteniendo a los invitados sin ser chocante, explicando que soy chilena pero que represento a Dinamarca, que he vivido un poco en todas partes para terminar en esta isla llena de congregaciones, de predicadores, de documentalistas borrachos y de aventureros de los países más raros, con su extrema pobreza y su aún más extrema riqueza, con toda esta gente que se esconde donde nadie la va a venir a buscar.

No quiero ser joven, tú sabes eso, Rita. Cumplo sesenta y cuatro en abril, lo digo cada vez que puedo. No quiero ser joven, quiero ser una vieja decente nomás, no quiero ser una molestia para nadie, no quiero deberle nada a nadie. Por eso me operé, no para ser más joven, sino para ser más vieja, más señora, más impecable. ¿Tú no conociste a mis tías las Aguirre? Yo debería ser como ellas: una vieja que recibe en su departamento, en Carmen Sylva con Luis Thayer Ojeda, esas calles de Santiago llenas de árboles y de enfermas que son empujadas en sillas de ruedas. La Providencia de siempre, ahí debería vivir yo, y ser respetable, alguien a quien sus nietos respeten, a quien los señores no molesten, con té y pasteles con azúcar flor, libros, películas, amigos y parientes tan viejos y bien educados como una.

Decente, decente, esa es la palabra; una señora bien, una vieja chilena, no una bruja, no una loca perdida en la selva, no una bruja con los pelos naranjos, no una gitana grasosa, no una mendiga llena de bolsos a la que dejan morir en un basural con todos sus gatos alrededor. ¿Sabes lo que es ducharse con los ojos cerrados, Rita? ¿Sabes lo que es apretar los párpados adivinando dónde terminan los pechos, dónde comienza la guata, que enjabonas por si acaso, esa hernia que no duele?

No sabes lo que es eso, no te lo puedes imaginar siquiera. Años y años de ese ritual en la mañana, lo más tarde posible, viviendo en camisa de dormir hasta que ya no se puede, viene el almuerzo, el embajador, los invitados, la gente en el piso de abajo que le exige vestirse, peinarse, ajustar las partes, disminuir el daño, sacarse la ropa que sujeta su carne, quedar desnuda delante del espejo que la ducha por suerte empaña, para no ver más que una mancha rosada que pasa por el vidrio. Una explosión de puro rosado, abstracto como un cuadro o como un manglar, yo no soy esa, no soy ni siquiera la versión gorda de mí misma sino una mezcla de plantas y rocas carnívoras en que escucho mi voz, en que veo mis ojos moviéndose desesperados en busca de una salida.

No es mi cuerpo eso, Rita; son restos, sobras, ovarios, trompas, útero, tetas, lianas, manchas, bulbos de células viajando de aeropuerto en aeropuerto, con ustedes colgando de todas partes también, sudando, enredándolo todo con los poderes notariales, los pasaportes, los sellos, quedándome pegada en la tienda del Duty Free donde no puedo probarme nada, porque nada está en su lugar, porque en Estados Unidos hacen ropa para gordas, flacas, enanas, gigantes, pero no para laberintos, no para roperos arbolados. Como siamesas sin cabeza esos ríos de venas de mi primer embarazo, la Carmen Luz, cuando todos me prometieron que los tejidos se restablecerían sin problemas, que era joven, que era linda, que era limpia. Ese mapa de desgracias que acepté como si mi cuerpo ya no fuera mío, como si fuese un extraño préstamo, las cicatrices, la piel de naranja, los diez meses que se demoró Ricardo en nacer, los puntos de sutura después del parto, la hemorragia, las estrellas azules, todo lo que dejaron ustedes en mi guata por si acaso volvían, las firmas de su obra de arte, mi cuerpo lleno de gente, un friso para arqueólogos, un pergamino de sus vidas antes de nacer, la gesta de su engendramiento, todo lo que se quedó pegado allí es lo que quería sacarme ahora.

Ahora que estoy sola, ahora que no hay nadie para verme en Haití, donde ni siquiera tengo que ser chilena, donde puedo ser nadie, menos que nadie, una señora que habla español, venezolana, colombiana, paraguaya, un árbol que se arranca la corteza, una estatua de bronce fundido que rompe por todos lados el molde donde la vacían; escondida de ustedes me quito sus signos de encima, me limpio de sus restos, me libero de sus rasguños, me entrego a la multitud que levanta sus brazos para tener un poco más de mí también. Todos estos bultos, patadas, órganos, ese peso muerto, las cicatrices y venas por todas partes, todo lo que dejaron ustedes, todo lo que chuparon, hijos de puta malagradecidos, lo regalo a los haitianos que no tienen nada. Me hincho, rosada como una guagua, azucarada, mi cuerpo convertido en un esponjoso bizcocho de cumpleaños que devoran los niños de Puerto Príncipe a manos llenas. La crema, el coñac que esparcen sobre sus caras alegremente, como una pasta anaranjada y dulce, camiones y camiones de mi carne convertida en masa que reparten en la plaza de

Petionville para que los niños felices llenen sus platos, bandejas, baldes.

Cómanme a mí nomás, no se preocupen. Soy rica, llevo toda la vida comiendo cosas ricas yo, me alimenté especialmente para ustedes con canapés de langosta, en interminables comidas y cenas por todo el mundo, llévense más, no sean tímidos, niños, coman, traigan a los parientes, los amigos, todos los que quieran, coman y beban todos de mí porque soy la sangre de su sangre, carne de su carne de la alianza nueva y eterna que será derramada por ustedes por los siglos de los siglos, amén, amén y amén.

Es uno de los sueños más viejos que ha tenido en Haití: regalarse por entero a los niños pobres de la isla, sin huesos, sin cara, ser todo lo que necesitan, acabar de una sola vez con el hambre en Haití. Y de pronto, sin saber por qué, la sonrisa de su hijo Ricardo la encandila por completo en el centro de la cama.

«Imagínate a todos los pobres que no tienen qué comer, y tú no te comes el tomate.»

«¿Y si mejor les doy a los pobres el tomate, mamá? Yo se los guardo, yo se los voy a dejar a la casa si quieres.»

La impecable lógica de su adorable hijo.

No es tan simple, Ricardo, no es tan simple, se obligaba a decirle, cuando tampoco era tan complicado, después de todo. ¿Terminar con el hambre en el mundo? ¿Hacer la revolución? ¿Transformar la economía mundial? ¿No sería mucho más simple si todos los niños mañosos del planeta fueran a dejarles los tomates que no se quieren comer a los niños hambrientos?

Ricardo estrellado, luz de mi vida, los dedos abiertos en el jardín, el dolor de no haberlo preparado para dudar de nada, de haberlo hecho para ella y solo para ella, como un regalo permanente. El niño a medio hacer que pensaba que así se solucionarían todos los problemas, con su simple sonrisa que lo desarmaba todo, a la que nada ni nadie se resistía. A la que todo se resistió sin embargo al final, pobre niño mío, contra toda lógica, contra toda espera, un hombre él también. Te quiero, Ricardo, te quiero tanto, y esas caricias con la voz que no tiene le rebotan a ella misma, gran ballena varada en la playa a la que los niños del pueblo lanzan baldes de agua para que no se seque, para que no se muera antes de que sus papás los pescadores la remolquen mar adentro.

Elodie la calma llevándole a la boca un vaso de agua, que se acaba en dos segundos y medio.

Agradece con la cabeza antes de retroceder saciada hacia las sábanas. Siente por primera vez sus huesos, el tironeo de la piel, la herida que le hicieron en todo el flanco derecho estos animales salvajes que la mordieron entera anoche.

—No se preocupe, señora, no se preocupe, es normal la fiebre, ya va a pasar —le miente feliz Elodie, le acaricia la frente, la protege al fin.

—¿Todo bien, Karmenzita? —Se vuelve el diplomático hacia su esposa—. Yo vuelvo en la noche… Mucho trabajo en la embajada, mucho jaleo. —Cree estar diciendo algo muy chileno cuando no hace más que acentuar el tono peninsularmente hispánico que aprendió en la academia de idiomas—. El Presidente, los rebeldes… Situación complicada, pero bien, todo bien Karmenzita. No te preocupes. Elodie se queda contigo. ¿No es cierto, Elodie? Ella va a cuidar bien de ti.

¿Bien? ¡Sácame de aquí, huevón! ¡¡Asesino!! ¡Sácame de aquí ahora mismo, Niels, sálvame, por favor, sé lindo, sé bueno, sálvame de esta horrible cárcel! Y agita los brazos como puede Carmen Prado, buscando con lo que le queda de pulmones fuerza para manotear en el vacío.

Y mientras Niels sigue anunciándole con su terrible sonrisa satisfecha que la va a dejar sola en esa clínica vacía, Carmen solo ve el reflejo del sol en sus anteojos impecables de pasta gruesa. Esa cosa anticuada de joven que trata de ser viejo, que le pareció tan divertida cuando lo conoció y que le parece patética ahora que es su marido. ¿Mi marido? ¿Cómo me casé con este cabro huevón? ¿Mi marido? Podría ser mi hijo, mi nieto, mi sobrino, ninguna de esas cosas porque no hay una gota de sangre en común, ni la sombra misma de un parecido que explique por qué está parado junto a ella, sonriendo, nervioso e impecable, sin saber cómo decirle que está muerta, que no tiene cómo respirar, que dejó que le quitaran las palabras del pecho.

«¿De Dinamarca? ¿Podrías haber inventado algo más lejos, mamá?», la retó su hija Carmen Luz cuando le contó lo de Niels. «Estás puro arrancando, mamá. Lo único que estás haciendo es arrancar de ti misma.» ¿Y de qué más voy a arrancar si no es de mí misma, cabra de mierda? Yo no quiero pero él insiste. Habla pésimo inglés, no es ni feo ni bonito, tiene ganas nomás. Me tiene ganas, tengo que estar medianamente agradecida por eso, nadie en el mundo me tiene ganas a estas alturas del partido. ¿Quieres que me quede en Chile? ¿A verlos engordar a ustedes, a verlos odiarme, a ponerme vieja, majadera, a morir como todos mueren en Chile, de puro faltos de panorama?

—Tiene que trabajar el señor Niels. No lo moleste, está muy preocupado por usted, da vueltas como un león enjaulado por toda la casa. Yo lo vi, madame, lo está pasando muy mal el caballero. Usted tiene que dormir. —Toma la delantera Elodie, dichosa de quedarse a solas con su víctima—. Es el carnaval allá afuera; están todos locos allá afuera, madame. Pero duerma mejor usted, duerma. Estamos bien, está tranquilo todo allá afuera. Lucien nos va a proteger a las dos —dice la haitiana, y le muestra a un niño de no más de quince años, escondido detrás de una metralleta gigante—. Preséntate, Lucien.

Empujado por la cocinera, intimidado, puros dientes, los ojos minúsculos, fascinados y asustados a la vez por la metralleta que le acaban de entregar como regalo a cambio de proteger a las mujeres: un niño.

«¡No seas tarado, niño, te vas a volar un ojo con esa cosa!», le va a advertir, cuando un solo y gigantesco desgarro le fulmina el flanco izquierdo, seguido de tosidos que Elodie, feliz de verla sufrir, calma tomándola en sus brazos.

—Ya le dije, señora, no trate de hablar —aconseja, y con la mano hace la mímica de un corsé—. La amarraron muy fuerte, parece. La tienen muy apretada, madame. Luego va a venir la doctora a descoserla. Habló con ella el señor Niels. Viene corriendo, va a llegar cuando la deje pasar la gente del carnaval. No se preocupe, duerma nomás, madame, duerma.

Y estira los cobertores hacia el pecho de la enferma, que no tiene otra forma de comunicación que levantar y cerrar el pecho dejando escapar el aire por la nariz, con toda la rabia del mundo.

¿Por qué dejaron aquí a la Elodie? De toda la gente que quiere y la quiere en Haití, le dejaron a la única que goza viéndola sufrir. ¿Por qué no la Chantal, la Anne Marie? Se lamenta de su horrible mala suerte. Es la única que habla castellano, por eso Niels eligió a la Elodie, por eso la dejó aquí, concluye apurada Carmen Prado. Danés idiota, yo puedo hablar perfectamente en francés, en danés, en inglés, en cualquier lengua que me proponga con tal de que no me dejen con esta vieja pesada, que me odia desde tiempos inmemoriales. Se lo he dicho en todos los tonos pero no le importa a este huevón, no me conoce, no sabe quién soy este cabro de mierda.

Los empleados alineados a la entrada de la casa, cuando recién llegó a Haití. ¿Cómo te llamas tú? ¿Chantal? ¿Anne Marie? Linda tú, simpático tú.

—Todo va a ser distinto ahora. Soy de Chile yo —les advirtió de entrada a los empleados—. Mi marido es danés, pero aquí vamos a ser chilenos. Yo fui empleada también, lavé cuantas mierdas se pueden lavar en el mundo. Y en Estados Unidos, ese país de mierda que odio con toda el alma, así que no me pueden engañar a mí, si me hago la tonta es por pura bondad, les advierto. Pero soy buena, grábense eso en la cabeza, soy la señora más buena que pueda haber en el mundo. Vamos a ser felices. Claro que si no hacen lo que les digo los mato. No hagan nada de lo que yo hago, esa es la clave. O mejor hagan lo que quieran pero que yo no sepa. Ojos que no ven, corazón que no siente, así decimos en Chile. Vamos a aprender esos dichos y refranes chilenos. ¡Los voy a dejar hechos unos huasos talquinos!

Todos sonríen con sus dientes terriblemente blancos sin sospechar, sin preguntarse tampoco qué es huaso, qué es talquino. Todos demuestran su alivio con esa espantosa elegancia haitiana, menos Elodie: allí está, al final de la fila, con los brazos cruzados.

—¿Me odias tú? A mí no me engañas, tú me miras con odio desde el principio.

«No», dice con la cabeza la cocinera.

—¿Me quieres?

«Tampoco», vuelve a aclarar Elodie sin decir ni una palabra.

—¿Me desprecias, entonces?

No niega ni acepta esto último.

—No entiende, madame, no entiende. Yo soy la única que no se ríe de usted a sus espaldas.

—No se preocupe, madame —la consuela Elodie ahora que no se puede defender, ahora que es suya y solo suya hasta el infinito—. Yo tengo un aceite especial para las heridas. Lo traje de la casa para usted. La *signora* Marina tenía unas heridas terribles. Peores que las suyas. Toda la espalda llena de escamas. Sufría mucho la *signora* Marina, usted no sabe cómo sufría. Vinieron doctores del norte, del sur, a tratar de sanarla. No lograron nada. Le pusieron rocas calientes, le dábamos baños con sales, hasta unos caracoles que chupan las heridas le pusimos sobre el cuerpo a la *signora*.

Qué asco, piensa Carmen Prado, revolviendo lo que le queda de voz en el fondo del pecho. ¿Para qué me cuenta estas cosas cuando yo necesito silencio, puro silencio hasta el final del universo?

—Era divertido ver a tantos caracoles corriendo sobre la *signora* Marina. Tan elegante la *signora* con los caracoles chiquititos moviendo las antenas. Hacían carrera sobre los huesos de la *signora*, que también era puro hueso. Pobre *signora*, las cosas que aguantó. ¿Por qué se operó usted, madame? ¿Por qué le hace eso al señor Niels? —Y moja suavemente el pelo de Carmen Prado con agua de colonia—. Estas cosas no se hacen, madame. No es gorda usted, es rellenita nomás. Es sana solamente, tiene más fuerza que otras mujeres. Aquí en Haití eso es bueno. Yo soy así, la Chantal también, aquí en Haití eso es señal de respeto. Tenemos más. Somos más mujeres que las otras mujeres.

¿Cómo se te ocurre compararte conmigo, gorda de mierda?, se resiste como puede en la cama. Pero sus gemidos no hacen sino aumentar el dominio de la cocinera sobre su cuerpo, entregado a la inesperada delicadeza de sus dedos, que contrasta con esa terrible sonrisa sardónica que Carmen Prado quisiera borrarle a palos de la cara.

—La naturaleza la hizo así, madame —vuelve con más ganas al sermón—, y la naturaleza sabe lo que hace. No hay que jugar con la naturaleza. Somos fuertes, somos como árboles, no nos pueden botar con nada. Usted no sabe qué habría dado la *signora* Marina por ser como nosotras. Comía y comía pasta y no engordaba ni un gramo la *signora*. Al señor Alfredo le gustaban con más carne las mujeres. Le decía siempre eso, tú eres como un fantasma, yo quiero a una mujer de verdad en esta casa. Se le iba toda la comida en la enfermedad. Cómo lloraba la *signora*, solo yo sabía. Solo conmigo se atrevía a llorar.

Signora Marina, la *signora* Marina, ¡hasta cuándo! ¿Por qué la llamas así si no sabes italiano? Qué ridiculez más grande, Elodie, no seas siútica. Esta Elodie, que no pierde ocasión de recordarle que ellos sí eran finos, que ellos sí sabían mandar. La famosa *signora* Marina, a la que todo el resto de la casa detesta. La gente más patética del mundo, unos italianos parcos, unos aristócratas que vivían en Haití como si vivieran en Venecia, puro hueso ella, la piel espolvoreada de polvos de arroz, y el risotto milanés que aprendió Elodie a cocinar a la perfección, y el café para que el señor pudiera leer con calma en la veranda los *Corriere della Sera* atrasados.

—Cada uno es como es. La *signora* era un fantasma, usted es de carne y hueso. Aquí en Haití la gente no pelea contra eso. Aquí la gente es lo que es.

Aquí en Haití, aquí donde las calles no son calles, donde hay mercados de envases rotos, de bidones podridos que flotan a la deriva en el barrial, con ese sol dorado del puerto filtrado por el humo del carbón que se te pega a la ropa y no te suelta nunca más. Eso y restos del vetiver que dejan caer en el agua donde lavan la ropa golpeándola con un palo, estirándola y volviéndola a amasar en ríos que no son ríos sino canales, lagunas, cunetas empapadas de detergente.

Y palmeras, y madreselvas en flor, glicinas, muselinas, jazmines y camelias, la sombra discreta de las verandas, rosado todo, y celeste, verde agua, los árboles acariciando los patios, las enredaderas. Qué lindo es todo esto, fue lo primero que pensé cuando llegué aquí. La brisa suave del mar en el vello del brazo, en los rizos de su pelo, los autos que tocan la bocina para saludarse. Rojo, azul, amarillo, oro, verde, maldiciones, frases de la Biblia, los bocinazos, le explican, aquí son un modo de saludarse, de sonreírse, ¿un entierro, un matrimonio? Veredas que son antejardines, panderetas que son la calle, los parques sembrados de gente, la tierra que se mezcla con el asfalto, sin puertas, sin muros, las ventanas también sembradas de gente por todas partes, panderetas, rejas, peluquerías, camionetas de las que se suben y se bajan a un ritmo que solo ellos conocen de memoria, y que Carmen Prado quiere seguir, comprender, predecir como si se hubiese preparado la vida entera para eso.

Haití, que siempre fue eso para Carmen Prado, un jardín, un recuerdo perfecto, cerrado al presente, viviendo de sí mismo. Las niñas vestidas de rosa, de malva, de verde pastel, de blanco y encaje para la Primera Comunión. Los padres de camisa blanca y corbata oscura, subiendo lentamente hacia Kenscoff entre pájaros y flores de hojalata; los jardineros cesantes, los vendedores de cuadros naif, una curva tras otra hasta las nubes en la cima del volcán, el frío incluso, el chalet de los suizos al lado de la cima del volcán, la ciudad a sus pies, el mar también, esa sensación que solo conoció aquí, la de ser una diosa feliz contemplando todo desde el Olimpo, fuera del tiempo, o antes del tiempo, donde sería todo lo suyo para siempre perdonado, olvidado, limpiado por el cielo mismo en todas partes.

Eso, todo eso pero también Elodie gritando y empujando a su sobrino Jean Marie, que bajaba la cabeza hasta no encontrar más baldosas que mirar, Jean Marie que apretaba los puños e intentaba retener las lágrimas del desborde por las mejillas, sin que ella detuviera los manotazos sobre su cabeza rapada.

—Pero, Elodie, ¡suéltalo! Es un niño, déjalo tranquilo. ¿Qué hizo de tan malo el pobre?

—Usted no entiende. Me tiene a mí nomás en el mundo. Solo a mí, madame. Así es aquí, madame. Estamos en Haití. Si no es fuerte no va a sobrevivir. Así es la cosa aquí.

—¿Qué es esa huevada de que estamos en Haití? Soy la patrona, yo mando aquí, mijita. ¿Qué sabes tú lo que sé yo, negra de mierda? ¡Aquí no se tortura a ningún niño!

Será tu sobrino pero esta es mi casa, y todo lo que pasa en mi casa es cosa mía. Sé lo que andas diciendo por ahí. No soy tonta, mijita, yo también tengo mis informantes. Aquí nos vamos a tratar como personas civilizadas. No pongas esa cara. No vengas con tonteras… —argumenta, explica, se rebela mientras mira de reojo al niño jugando solo con una pelota desinflada, riendo, completamente feliz en medio de una mancha de sol.

¿Cómo puede estar tan feliz después de llorar como lloraba hace un minuto?

Ahora le sorprende la efectividad de las manos de la cocinera ordenándole el pelo, que ha vuelto a ser dócil y suave como si acabara de cumplir once años. Recuerda el placer de tener fiebre entonces, de ser el centro de la casa, y oír los pasos alejarse y acercarse por el pasillo a la hora en que sus hermanos estaban en el colegio. Libre de portarse mal ahora como ese niño, de ver la muerte como un gran sol de plomo besando sus rizos y después como si nada el perdón, la luz del día, ser niña después de pasar mil siglos, ser yo después de no haber sido nadie. Ese tiempo que no le pertenecía y era suyo, esas horas en la casa durante las cuales tenía permiso para visitar a la muerte a condición de mantenerse acostada, discreta, invisible, como al otro lado del espejo. La casa que se mueve, que se vacía y se llena sin que por una hora o dos nadie pregunte «¿qué se hizo la Carmen?». La delicia de morir un poco, de no contar, de estar como Dios en todas partes y en ninguna, ese placer intenso y agudo como un triángulo isósceles que quebraba de un grito de puro miedo a morir de verdad y para siempre, puro miedo de ser realmente la que faltó a la fiesta.

Se abandona al dulce mareo ahora, en esta cabeza entregada a la Elodie, que no la deja preguntarse nada más. Debe dormir Carmen Prado, que pasó de ser una ballena varada a un mascarón de proa amarrado al rompeolas, y en esa condición recibe feliz toda la espuma y la sal. El helicóptero que gira en redondo en el cielo deformado por el calor, que aumenta y aumenta incontrolablemente en el interior de las casas de Cardenal Newman, donde revientan los televisores, las secadoras, los niños que van al patio a mirar hacia arriba del cerro donde están las empleadas tratando de espantar el fuego, el pasto seco en llamas que las cerca por los cuatro costados.

«Mira, mamá, se están quemando las nanas...». La voz clara como un cascabel de su hija menor.

Las empleadas quemándose en la cima del cerro Calán.

¿Te acuerdas, Rita? Su segunda hija, esa niña feliz, impecable, implacable, tan divertida la Rita, con el pelo castaño sobre su cara achinada, la Rita que comprende todo incluso antes de que se lo digas. Cantan juntas como marineros que se hunden con su barco. La minúscula mano de su hija apunta hacia el pelotón de delantales azules que agita desesperadamente esterillas de yoga y tapas de ollas para espantar las llamas que no hacen sino crecer, encapricharse, rodear a las mujeres a diez metros de donde sus zapatillas empiezan a derretirse, de donde cantan invocando el nombre de sus hijos, los patrones, los jardineros que se quedaron abajo, mirando sin poder hacer nada mientras las mártires lanzan sus oraciones al cielo antes de que el humo las borre del paisaje.

¿Te acuerdas, Rita? El canto de las empleadas domésticas, abrazadas como sirenas cercadas por el fuego. En la cima de todo lo amarillo del mundo el coro de las empleadas cantando su canción entre las llamas. Sus delantales azules, sus pies asustados que pelean su lugar entre las botellas carbonizadas, las bolsas de supermercado abandonadas, los chopos, los espinos, los cardos violeta de los que arrancan los gatos salvajes; perros semiquemados, ratas, cuyes, serpientes, lagartijas, lauchas, cucarachas, palomas cojas huyendo del fuego; el olor terrible del humo, picante como la marihuana, cuando cambia el viento; los ventanales turbios, las ampolletas, los equipos de radio, las carrocerías de los autos que ya no importan, la calle Cardenal Newman, por Oxford, Edimburgo, Boccaccio hasta llegar a la calle Chesterton, donde vivimos felices antes de perder toda la plata en no sé qué negocio estúpido de Naím, que no tiene la culpa de nada.

Éramos felices, Rita, tan felices, ¿te acuerdas? No te espantaron las empleadas quemándose, enseguida comprendiste qué era eso, una fiesta rara, una canción en la cima del cerro. Entendías todo antes, qué era verdad, qué era un sueño. Pensé que ibas a ser artista, científica, algo así, lejos de Chile, no que ibas a casarte con ese niño encantador pero tan débil. Pensé que te había salvado de eso, del deber de ser una mujer que se dedica a abrigar a un hombre resfriado. Pensé en un hijo, quizás a la pasada con algún amor furtivo, pero no en esa cosa con faldas y casa en La Reina que se deja babosear la cara por sus pastores alemanes y que pasa la tarde haciendo las tareas con los niños.

Tendrías que venir a Haití, aunque sea a mi entierro: ¡te haría tan bien, Rita! Te abriría la cabeza, te obligaría a salir de ese círculo perfecto de amor doméstico en que te escondes del deber gigante de ser única, de no tener, como no tengo yo, piedad ni dudas, pero siendo todo lo inteligente, todo lo constante, todo lo culta que no fui yo. Ah, qué desperdicio todo, qué horrible desperdicio es ser mujer, Rita, pequeña, Carmen Luz, la primera, la rubia, la estricta niña, pobres niñas, mira cómo me tienen amarrada a la cama. Sin boca, sin labios, los brazos como cortados, el pecho tan cerrado que no puedo hablar, la cama como atragantada en medio de esta pieza verde claro en que me encerraron ustedes también, vergüenza chilena, ¿qué hacemos con ella? No tiene casa, no tiene hueco, hace y deshace al otro lado del mundo, hace y se deshace a pleno, en medio del fuego de la fogata, canción de empleadas de espaldas al fuego, gran ronda de sus sombras felices entre las llamas.

Sueños sí, recuerdos no, se arrellana en el frío Carmen Prado, que no quiere ser víctima de ninguna nostalgia, de ningún arrepentimiento, de ninguna idea que no venga directamente de su cuerpo secuestrado, entregado, ido en esa cama en que se arrebuja, tratando de hundirse en la nada como si las aspas del helicóptero giraran a dos metros de su cara.

Era tan feliz dormida, en coma, tan libre cuando no había nadie que le recordara que estaba viva. No está muerta, sabe ahora, pero tampoco está viva. Es una roca que no termina nunca de hundirse en el fondo del río. La sirena, las anguilas, el tiburón, sus dientes, la mantarraya, *menthe a l'eaux*, menta al agua, le traduce al caballero de la Orden de Malta que antes fue un periodista impertinente con sombrero, que se atavía ahora con una gran cruz negra, los anteojos redondos de Niels, que sigue siendo su testigo imparcial, su amigo que sonríe feliz de anotar otro hallazgo verbal. No pierdas tu tiempo, viejo, se me ocurren todo el tiempo cosas así, no tiene ninguna gracia, me sale natural, hablo cinco lenguas, he vivido en todo tipo de países. Inglés, francés, portugués, un poco de turco, un poco de danés, las lenguas se me mezclan, se me confunden, soy de todos los países, de ninguna parte también.

—Usted no es más tonto porque no se despierta más temprano, señor. —Ahí le regala otra frase chilena al caballero de Malta.

—Me despierto más temprano si usted quiere, señora. Traiga dos testigos en la niebla de la mañana. Un duelo en regla, el primero que se mata muere.

—No, gracias. Tengo que dormir, parece. Dejémoslo para otra vez mejor.

Y vuelve victoriosa a hundir del todo su cabeza en la almohada.

A primera hora de la mañana…

A primera hora de la mañana.

Se le queda pegada la frase.

A primera hora de la mañana, repite, como un talismán que pudiera mantenerla a flote.

A primera hora de la mañana, un chincol saltando sobre la nariz de su padre, dormido en el Hospital del Salvador. Una paloma ahora en la frente de otro enfermo. Un zorzal más allá. Los enfermos convertidos en un gastado acantilado donde los pájaros descansan. Todo tranquilo, todo en paz, hasta que una enferma bruta abre la puerta y grita:

—¡Los pájaros!

Un solo grito que convierte todo en graznidos, pelotas ardientes de plumas, llamas de picotazos, más y más chillidos, mientras corren por el pasillo los paramédicos, los guardias, los doctores, que no se atreven a entrar en esa centrifugadora de plumas, en ese incendio de picotazos, de gritos, y las camas que parecen volar también, rebotar como los pájaros en los muros, desprendidos de cualquier gravedad, navegando a la deriva, cayendo cien mil metros, subiendo otros veinte mil. Hasta que un enfermo se atreve por fin a entrar en la pieza y expulsar con las manos a las palomas, los chincoles y los mirlos, que lo único que quieren es salir por la ventana, que los paramédicos por fin logran cerrar detrás del último de sus aleteos desesperados.

Los suspiros de alivio mientras caen las plumas como copos de nieve al suelo de la sala común. La Navidad, la paz, la sorpresa, la violencia que interrumpe la calma perfecta con que su padre describía su estancia en el Hospital del Salvador.

Segundo piso, pabellón de hombres, sala común, la cama de su padre. Péinate, papá, no vas a recibir a todo el mundo con el pelo parado. Ese cuidadoso descuido que no te cree nadie, papá, farsante, viejo huevón, si no estás muerto… No, si está muerto, soy yo la que no está muerta, se incorpora a medias Carmen Prado mientras se ordena nuevamente dormir sin lograrlo ya del todo. ¿Cuándo se murió, cómo se murió? Le sorprende a Carmen haber olvidado esos hechos esenciales. No importan, sabe ahora, no me importa. La muerte es un trámite cuando nunca se está vivo del todo. La muerte es algo que solo les importa a los vivos.

¿Está viva ella? ¿Está despierta? Tampoco. La sonrisa de salón de su padre en la sala común del hospital. El asturiano que insiste en que tiene que ir a pagar a los empleados de la fábrica, y el anciano sin nombre que babea desde hace días el mismo hilo de pus, los charcos de agua estancada que Carmen Prado tiene que evitar para llegar a su papá en medio de la sala, su mano larga y fibrosa invitándola a sentarse sobre los cobertores raídos, para mostrarle entusiasmado la ventana.

—Mijita, qué bueno que vino. Mire, justo están empezando a salir hojas en los naranjos, ¿ve? Como llamas verdes, mire, empecé a dibujarlas.

Le muestra más y más dibujos delicados, alegres incluso, en lápiz pastel. Ramas negras incendiadas de verduras, frutos tímidos, una hiedra abstracta, dibujos perfectamente decorativos, el impecable buen gusto de su papá, el marco amarillo de Deutsche Grammophon de los discos, los After Eight, los tomos de la *Decadencia y caída del imperio romano* de Gibbon, en inglés, sobre la colcha manchada de orina.

—¿Es verdad que te amarraron, papá?

Y toda su gracia y elegancia se desvanecen en menos de un segundo para dar paso a unos ojos brillantes que no saben cómo escapar de la pregunta de su hija.

—¿Qué hiciste, papá? No me digas que nada. ¿Qué dijiste para que te amarraran así?

«Tres enfermeros tuvieron que reducirlo —se lamentó el jefe de enfermería del piso—. Dijo que éramos todos unos asesinos, señora. Dijo que estábamos experimentando con él, que le estaban envenenando la sangre de adrede. Empezó con eso y no hubo cómo calmarlo. Los pacientes empezaron a seguirlo. En diez segundos tenía una verdadera marcha detrás suyo. Llegaron enfermeros de todos los pisos para controlar el motín. Lo tomaron entre tres. Escupió, pateó, insultó todo lo que pudo mientras le inyectaban calmantes. Terminó la noche cantando una canción, en francés parece que era.»

—¿Qué les cantaste, papá?

—La *Chanson des Partisans*. ¿La conoce? Es linda.

Ami, entends-tu le vol noir des corbeaux sur nos plaines?
Ami, entends-tu les cris sourds du pays qu'on enchaîne?
Ohé! partisans, ouvriers et paysans, c'est l'alarme!
Ce soir l'ennemi connaîtra le prix du sang et les larmes.

¿De dónde sacaste la fuerza, papá? ¿De dónde sacaste la rabia, papá? ¿Tú, que juegas a aceptar todo normalmente, tú, que intentas no pelear con nadie? Porque algo de eso enorgullecía a Carmen Prado, que siempre creyó, que siempre quiso creer que su papá no sabía pelear.

«Nos reconciliamos, no te preocupes —dice el papá mostrando a los enfermeros que lo vigilan desde el umbral de la sala común—, están haciendo su trabajo nomás», y les devuelve la sonrisa de enfermo con una condescendencia que duele más que cualquier insulto.

El papá que ahora alaba la salud pública, el trabajo de los enfermeros, de los doctores, que son mucho mejores que en esas clínicas privadas que cobran hasta por hacerte la manicure, puras cosas innecesarias con las que quieren robarte. «Aquí están abiertos a la medicina alternativa. La Celia habló con varios doctores de eso, hay todo un comité de estudios de la medicina mapuche.»

¿Dónde estaba Celia cuando te amarraron a la cama? ¿Por qué me llamaron a mí, que prácticamente no vivo en Chile? ¿Qué hizo para salvarte, para ayudarte, para aliviar los gritos tu supuesta esposa? ¿Viste?, no está cuando la necesitas. Pierde el tiempo hablando con los doctores de medicina alternativa, se preocupa de cuántos remedios mapuches se usan en el Hospital del Salvador, y ahí te deja morir en medio de la nube de pájaros que entran en la sala común como si fuera su casa.

Mucho humanismo, mucha humanidad, humildad, humedad y porquerías por el estilo para ocultar que te odia, que nos odia, que no puede hacer otra cosa que odiar mientras junta botellas con líquidos amarillos, plantas secas, cataplasmas de barro, una infinidad de porquerías chamánicas que van a hacer que la municipalidad te clausure la casa por insalubre. ¿Dónde están el sillón, los discos, la puerta de la cocina? —Hace el recuento de las pérdidas Carmen Prado, de las que tomaba nota cuando juntaba valor para ir a la casa del Cajón del Maipo donde había ido a esconderse la pareja—. ¿Qué son esas cajas llenas de hojas, esos señores que se sientan en círculo a mirar cómo les trepan los piojos? ¿Qué es, Celia? ¿A quién crees que ofendes, papá, a quién crees que apiadas paseando por el mundo a ese adefesio lleno de buenas intenciones? ¿A quién crees impresionar con esa loca enferma viviendo en tu casa, o en su casa, porque eres tú el que pide perdón por ocupar una pieza sin calefacción al final del pasillo más derruido de todos?

«Por favor, no tiene dónde más ir la pobre», le explica su papá bajando la voz para que no lo oiga, aunque esté a mil kilómetros de distancia.

El miedo, el terrible miedo que le tienes a Celia, papá, fea como el demonio, sus senos como ubres vacías, sus ojeras infinitas, su voz mentolada. Perfectamente medicinal, recibiendo a tus hijos y a tus nietos como si fuesen una concesión que ella te hace, un gesto de generosidad infinita que le debe a sus cursos de ancestrología, tarot y ecología profunda que nunca terminó, porque ese es su secreto, papá, su flojera ancestral, astral, esa incapacidad de terminar algo que es en el fondo una gracia, un trabajo como cualquier otro, una forma de constancia. No es tan fácil ser tan flojo. Mis hermanos fracasaron en el intento; a Ricardo y a su estúpida esposa les está costando todos sus ahorros. Porque eso logra esa cama, porque eso consigue esa isla, que Carmen Prado reconozca todos los talentos ajenos, que pueda felicitar a la distancia a su madrastra por su capacidad de vivir a saltos, segura de tener la verdad de su lado sin hacer algo útil ni realmente inútil tampoco, sermoneando, diagnosticando, mejorándose, mejorándote perpetuamente.

¿Puedes vivir sin ella, papá? ¿Puedes? ¿Eso quieres, papá, vivir sin ella? ¿Eso quieres, que se vaya? No sabes cómo decirle, no sabes cómo echarla. ¿Para eso me llamaste a esta pieza común de este hospital común? ¿Para que te libere por fin de Celia? ¿Para eso me llamaste, para encontrar una excusa, una salida? ¿Para eso me mostraste este sanatorio de mala muerte? Mala muerte, qué rara esa expresión; busca sin encontrarlo al caballero de la Orden de Malta para que la anote. De mala muerte, como si hubiera una muerte buena, el fraile de la buena muerte, Camilo Henríquez, su sotana, su delgada palidez, su cruz enorme en el pecho, el primer diario chileno, todo eso en el libro escolar, el techo que gotea, el pasillo vacío que el terremoto pasado dejó inhabitable, la carrera de las camillas a ver cuál llega primero al pabellón quirúrgico. Tu mano que aprieta la mía antes de que te empuje a cielo abierto. ¿Quieres que vea todo eso, papá, para que tome por toda la familia una decisión ejecutiva, para que no seas tú el responsable del cambio de hospital, para que sea tu malvada familia conservadora, convencional en el fondo, la que no te deja vivir tu vida como quieres? ¿Quieres eso, papá, una explicación que te libere una vez más de cualquier decisión?

«Celia, ellos son así, no entiendo, pero son mi familia, tengo que hacerles caso. Puedes venir a verme, puedes visitarme cuando quieras, yo te aviso cuando no haya nadie vigilando.»

«Anda a servirle algo a tu papá. Pregúntale si quiere algo más», le ordenaba la abuela al borde de la piscina, mientras su padre tomaba sol en las tumbonas de caoba.

Su padre, ahí parado al borde de la piscina, imponiéndose sin imponer nada. Con el sol en la espalda, el olor de su sudor bajo la axila, los pelos de los hombros. Las nubes que se mueven hacia un cerro todo verde, un bosque en el que se pierden para siempre. Y la sensación rara de estar viendo algo que no debía.

¿Dónde es eso? ¿Las sillas de la casa de la Pantera, su piscina aquí en Haití? ¿Cuándo, hace un mes? ¿O es Turquía? ¿Lima? ¿Split? ¿Sao Paulo? El semental a quien alimentan, el luchador romano que aceitan para el combate. Carmen Prado intentando el camino más largo para no quemarse la planta de los pies mientras todo arde, las sillas de playa, las sombrillas, el carro de tragos que debe evitar a como dé lugar para salvar el vaso helado en su mano.

Su única misión en la vida, ese vaso empañado de frío que flota en la luz sin piedad, dirigiéndose hacia ese pecho desnudo que todos adoran. Y Carmen que se protege con una mano del sol para no ver el triángulo de lycra, el cototo en el centro del mundo, la curva entera, la insolencia del sexo de su padre en su zunga brasileña cuando ella tiene quince, ¿catorce?, ¿trece? Su sombra resplandeciente tapando el sol con sus clavículas perfectas, los pelos casi rubios que sobrevolaban sus hombros, la perfecta proporción de huesos y piel a la que, como una montaña maldita, se acercaban las niñas, que fingían como podían para no ruborizarse ni intimidarse demasiado con la silueta de su padre, con esa desarmante belleza que la abuela adoraba lucir, secar, peinar, vestir a toda hora.

¿Por qué no le hizo nada su papá? ¿Por qué la dejo pasar? Era inmoral, era ilegal hacerlo, ¿pero qué nos importaba a nosotros la ley? ¿Qué nos importaba Dios también? Estaba para ti, hecha para ti, de ti nacida, no habría gritado, no habría llorado, no habría hecho otra cosa que perdonarte como te perdono sin que hayas cometido el crimen que flota sobre nosotros como una nube de monedas de oro. Una condena que habría dado al menos razón a mi vida. La virginidad hubiese dejado de ser un problema si le era arrebatada por su padre, como debía ser. Todo queda en familia, ¿para qué romper la tradición?, ¿para qué meter a otros que no entienden nada de lo que está pasando aquí? ¿No era desprecio tu respeto, tú que naciste para no respetar nada, papá? ¿Muy gorda, muy machota, muy tonta, muy parecida a tu tía Emilia? Te reías conmigo. Ese era el problema, nunca te pudiste acostar con ninguna mujer que te hiciera reír.

Todas las veces que se acostó con distintos hombres le parecieron siempre una infidelidad, porque su papá, porque sus hermanos eran los únicos hombres; porque los otros no podían entender, porque con los otros había que mentir. Los anteojos oscuros, las disculpas del caso, la sonrisa de circunstancia, los otros hombres son niños que quieren ser grandes, tú eras un adulto que quería ser niño. Era triste, papá, eras terrible. Te habría salvado eso, poder reírte con una mujer. Conseguir a una mujer que no te tomara en serio. ¿Cómo podían tomarte en serio si no estabas terminado, si eras la idea de una luz que ciega y se va, el rebote del sol en el agua de la piscina? Alguien que nació para gustar, que no entendió nunca qué les gustaba a los demás de él.

Viste, yo sabía, papá. Era la que sabía, porque era como tú, alguien que necesita más voces, más luces, más sombras para distinguir, alguien que existe porque existen otros, dos hermanas, una hermana, tres hijos, tres maridos, gente que pasa sin tocarnos, que nos traspasa, traduce y no entiende nada al final. Yo era todo eso pero sin temblor, sin escrúpulos, porque era débil el papá, a pesar de su estampa de dios griego, de su cara de beréber fugitivo. El papá que nunca se resignó a reinar, que era lo que tenía que hacer. Los privilegios que no se ocupan ofenden, papá. ¿No notas el odio con que te admiran todos en esa sala común? ¿No te das cuenta de que tu sencillez es un escupitajo? ¿Que tu llamado a rebelarse duele el doble porque te creyeron y ahora te dejaron de creer, porque está por debajo de todas sus expectativas, porque te obstinas en creer que tu vida es tu vida cuando es de ellos, mía, de mis hermanos, de la Celia, todo ese pabellón, y el otro y el de más allá?

¿Cuál es la gracia de venir a internarse aquí, papá? ¿Cuál es la gracia de vivir como los pobres? ¿Tú crees que les alegra, que les alivia que vivas como ellos? ¿Tú crees que esa es la solución, que vivamos como ellos, rogando para que les cambien el vendaje amarillo de pus, abrigados con ponchos al fondo de la sala de espera celeste, donde esperan que los llamen a gritos para irse al otro lado de la pandereta, donde no volverán a tener derecho a la ropa de civil, desnudos en esas batas que no esconden nada, colgando de las perchas de sus sueros, despeinados y sin dientes, convertidos en el fantasma del fantasma de sí mismos? La sala de espera, que es también el pasillo, que es también un trastero donde se acumulan las camillas, los reggaetoneros baleados, los ancianos que toman aire, las campesinas con trenzas que hacen fila bajo las cartulinas descolgadas, los dispensarios clausurados, las rejas en las ventanas, las placas, las estatuas de las diosas y los presidentes, los homenajes a los médicos que dieron la vida por el hospital y que nadie recuerda.

Pobre no, papá; pobre no. Miserable, eso es lo que eres. Los pobres trabajan, los pobres envejecen por eso, mueren por eso, por trabajar sin protección. Tú no le has trabajado un peso a nadie, papá. Tú quieres que te salven, no se te ocurre ni siquiera la idea de que no vengan a salvarte tarde o temprano, porque esa es la maldición eterna, porque sabes que vienen.

—Me voy, papá —decide bruscamente Carmen Prado—. Este hospital es regio. Los doctores son los mejores de Chile, como dices tú siempre. Hay que creer en la salud pública, si nadie cree en ella se va a terminar por acabar. Te felicito, papá, preciosos tus dibujos. ¿Quieres que te los mande a enmarcar?

—Pero Carmencita...

—Está todo bien, no te preocupes. La Celia es enfermera recibida, después de todo. Es lo que estudió, ¿no es cierto? Eso dice ella, por lo menos. Dile que me avise por cualquier cosa...

Suspira para su propia sorpresa Carmen Prado, hasta hace un segundo dispuesta a salvar a su padre sin cobrarle ni medio sentimiento. El placer de irme, de dejarte, papá. De enseñarte esa estúpida lección: vive tu vida, papá, no te juzgo, no te perdono, te envidio incluso, libre de no tener que dejar nada, de pelear por casi nada, cagado de frío, de hambre, rabioso incluso, por primera vez en tu vida.

No tengo odio, papá, yo sé que ese es mi papel en el mundo, llenar y vaciar maletas y bolsos, obligar a pagar a los que no pagan, pasar por encima de los que cobran demasiado, trasladar a los enfermos, justificar a los que arrancan, ser sólida, ser de verdad en una familia que adelgaza todo hasta la transparencia. Yo prefiero ser así, tenerte así, papá, no tengo rencor alguno, solo la liviandad, solo no cargar con ningún peso. Sacarme la carne de adentro mismo de la carne, que es lo que vine a hacer a Haití. Bajo la piel, sobre los órganos dormidos, quitarme una lonja de mí misma para seguir sin ese peso flotando de la cómoda a la cama y de la cama al baño. Da lo mismo eso, papá, no tiene nada que ver contigo, no tiene nada que ver conmigo tampoco. Solo la fiebre, solo la cama de la que nadie escapa. Te hablo sin voz, papá, aprovecho el no tener palabras en la boca, el no tener más fuerzas para pedirte perdón sin pedirte perdón por nada, para felicitarme de lo único bueno que hice, dejarte mirando el garbo de mi paseo por la sala común, tus ojos que eran por primera vez completamente míos entre las camas que evité magistralmente hasta encontrar el umbral, donde te miré por última vez antes de abandonarte para siempre.

Vive, papá, vive por tus propios medios. Vuelve a cagarte de frío a tu casa del Cajón del Maipo, odia a tus hijastros religiosamente, aguanta que te eche cada seis meses la matrona ecológica que ya odias abiertamente, porque no me tienes a mí para escapar de ella. Pídelo, papá, si lo quieres pídelo. «Sálvame, hija, sácame de aquí.» Ya pues, papá, pide, llama a la Lucía, a Alfredo, a algún amigo tuyo del colegio, reforzaba ella la crueldad sabiendo que era justamente eso lo que su papá no podía hacer: pedir. Pedir y dejar de pedir al mismo tiempo. Recibir sin necesitar pedir, a cambio de esos naranjos que nadie ve, y esa barba blanca de tres días que lo hace ver más interesante todavía, príncipe que nunca será rey, príncipe que nació para ser príncipe, nada más.

Nada más, nada menos. Una profesión como cualquiera otra la de delfín, el más coqueto de los peces, el más cínico también, el delfín que salta y gime y aletea para que lancen pescados los niños. «Tu papá es libre», le explicó una vez Juan Carlos Elgueta, su mejor amigo, cuando era justamente lo contrario. Libre de nada, papá, amarrado hasta de la cama del hospital, recién nacido anciano buscando un vientre de donde nacer. El mío está ocupado, papá, pasó por ahí el mundo entero sin dejar más que cáscaras de naranja. Caverna sin misterio, bolsa rota de supermercado, me lo estoy quitando para que nadie más se permita alojar en él cuando vuelva a llover. No te puedo salvar de eso, papá. O más bien sí puedo, pero no quiero. No quiero salvarte, no quiero, no quiero, repite como si no hubiese más libertad que esa en el mundo, no querer algo que su padre exige sin exigir.

«Está pésimo tu papá, llama desesperado a la casa. Se enoja por todo. ¿Te acuerdas de que antes no se enojaba por nada? Ahora tiene un carácter de mierda.» Todas esas cosas que le contaban de rebote sus hermanos y sus hijos para que se sintiera culpable Carmen Prado, responsable, alarmada, preocupada en cada viaje a Chile, y que no hacían más que consolidar su decisión: irse, irme lo más lejos posible, papá. En pleno hielo, en plena fiebre, al país más pobre del mundo, al más limpio, lejos de ti, que no mereces ese castigo que es un premio, papá. No se le puede quitar la muerte a nadie, no se le puede robar el último suspiro. Eso hizo, le devolvió su muerte, dejó de cargar con ella, liviana como nunca, como nadie, desierta de cualquier culpa, de cualquier precio, como un globo sonda que la brisa espanta.

Y le gusta eso también, verse arrancada por el viento, arrojada lejos, más lejos todavía, hasta el final de la hierba y del prado, del mar que grita, su papá, que solo ella entiende. Me perdonas, papá, me odias pero me perdonas. Tú sabes que hice lo que tenía que hacer. Te arranqué de mi carne para que te secaras al sol. Te di una muerte de caballero, te permití eso, que te enterraran indignado como un conquistador español en esa parroquia helada de la plaza Pedro de Valdivia.

Ese alivio tan raro, entender lo que nadie más entiende, sobrevolar su vida como el Instituto Geográfico Militar, sus mapas a escalas sembrados de volcanes, sus glaciares como huellas de dedos blancos en las grandes hojas amarillas, verdes y celestes. Me voy, no hago otra cosa que irme, papá. Me dejo llevar un poco más, el Hospital del Salvador, palmeras, polvo, palomas muertas, una cúpula polvorienta sobre las columnas torcidas, La Habana Vieja, las líneas de colores en diagonal en el suelo, rojas, amarillas, azules, que indican el camino hacia los pabellones, hasta que se borran todas para cincuenta metros después volver a aparecer y confundirse en el dibujo de las baldosas cafés, amarillas de puro uso. La deriva asistencial, mallas de cebollas, gasas manchadas de pus en vez de oreja, una bufanda en vez de cara, muletas, mandíbulas que mastican sin dientes, caras sin cara que se arrinconan aún más cuando pasan los doctores como levitando, capillas, refectorios, el patio, el jardín, esa estatua cruel de la Justicia sobrevolando las sillas de ruedas. Los naranjos de noche entre la bruma de la ciudad. El invierno en Santiago allá por la Quinta Normal, las plantas heladas, los jardines entumecidos, los gatos muertos en las cañerías.

—Ya es de noche, madame —la despierta a empujones Elodie.

El ronroneo del aire acondicionado que se detiene de pronto le recuerda dónde está. Haití, los cohetes, el carnaval; detrás de la ventana cerrada, cientos de fogatas en la colina.

El aire acondicionado a toda su potencia mantiene congelada la sala, el soldadito duerme en una silla cubierto por la metralleta como si fuera un chal.

—¡Que es traviesa mi amiga, las cosas que anda diciendo por ahí mi amiga! —Sonríe la Pantera, que ha aparecido de pronto en la habitación, maquillada y apurada, cubriendo con su traje de safari la luz de la lámpara—. A ver, a ver, muévase, muévase, eso, eso, más, más. —Sus manos precisas le revisan el flanco, las grapas, los puntos pegoteados, el drenaje, el pegamento—. Qué bien, bien, una cosita sí, aquí, una cosa muy pequeña que faltó. No es nada. Hay un punto, dos. Yo calculo que por aquí, Annelisse…

Y su ayudante abre un maletín del que saca un plumón con el que dibuja directamente sobre la piel líneas, curvas, más líneas.

¿Y la bata blanca? ¿Y la mascarilla? ¿La va a operar vestida de calle, con anteojos y moño, perfumada para una cena? ¿Qué hace el niño de la metralleta parado atrás con los dientes apretados? ¿Por qué camina la ayudante en puntas de pie sacando del maletín más y más cuchillos, pinzas que posa sobre una bandeja que luego salpica de un líquido blanco? El frío, el trazo del lápiz con que achura, selecciona, llena todo de cruces y signos su cuerpo la Pantera. ¿Por qué no se resiste?, se pregunta Carmen Prado. ¿Por qué no puede dejar de obedecer a su sonrisa aguda como un cuchillo, que no pide permiso, que no pide perdón, que hace que todo se incline a su paso? ¿Por qué le hace caso después de que la haitiana la dejara sin habla, prácticamente estrangulada entre las sábanas tras la última operación?

La Pantera en esa cena lejana, con su cara de animal al acecho, su elegancia primitiva, levantándose la blusa para desnudar sus pechos de cuarenta años, erguidos, a la hora de los postres.

—A ver, ¿quién las tiene así aquí?

Silencio, tosidos, hasta que una acepta el desafío y se desabrocha el nudo en la nuca de su vestido rojo para mostrar sus senos de veinteañera. Frente a frente, serias, cada una a su lado de la mesa, inalcanzables, las dos mujeres, sus hombros desnudos desafiándose hasta el infinito, orgullosas de la incomodidad con que las miran de reojo los embajadores ahí reunidos. Ritual anterior a todo, coreografía perfecta, su piel a la luz de las velas, sus pezones como un arma, un puente en que quedan todos por debajo. ¿Cuánto tiempo llevaba en Haití Carmen Prado cuando tuvo lugar esa escena? ¿Una semana? ¿Dos? ¿Por qué no salió arrancando? Pero eso es lo que la mantiene aquí, lo sabe, lo que le hizo confiarle su cuerpo a la Pantera.

Eso aceptó, eso acepta, eso sigue aceptando Carmen Prado, que la vuelvan a dibujar entera, que la transformen en otro animal, que hagan de ella otro ser, que esa mujer decida aquí en qué tiene que convertirse.

La bandeja de los instrumentos que salpica de un líquido transparente para incendiarlo todo con la parsimonia de un mago. ¿Qué está haciendo esta mujer, quemando todo? ¿Lo está soñando Carmen Prado? ¿Lo está viendo? ¿Realmente está quemando las tijeras, los cuchillos, bajo un solo mar de llamas?

—Se queman los bichos así —le explica—; mejor no correr riesgos, mi amor. No te preocupes, está todo bien. Un poquito aquí, un poquito allá y vamos a estar bien. Annelisse, ven: tres aquí, cuatro acá. Tranquila, tranquila, está todo bien. Antes de las diez vas a estar lista. —Como si Carmen supiera qué hora son las diez, como si le importara la hora que es ahora, desangrada viva, abierta en dos sin una queja, sin una lágrima—. Ya, estamos. Vamos a empezar; respira tranquila, mi amor, está todo bien, vas a hablar lindo, vas a ver, vas a poder hasta cantar después de que terminemos con todo esto. Ahora, Annelisse, ahora.

Y la ayudante le inyecta algo frío que le llena las venas, que la calma del cuerpo a la cabeza y no al revés, como solía ser cuando tenía piernas sobre las que pararse, cuando tenía un nombre que defender, cuando era alguien. Eso les hacen a las momias, Lenin en su traje de funcionario al medio de la Plaza Roja, los pumas y los búhos gritando inmóviles en las salas de clases, les inyectan eso a los muertos, un líquido frío que los vuelve amarillos, más de cera que sus propios muñecos de cera, por los siglos de los siglos. El abuelo que contaba siempre el cuento de un amigo que los amigos dejaron sentado en el mismo bar donde se juntaban cuando estaba vivo por el resto de la eternidad, para siempre estudiante, un vaso en la mano, siempre a punto de brindar mientras sus compañeros se hacían doctores, decanos, tenían hijos, nietos que ocupaban los otros asientos en el bar, que volvían a insultarlo, a brindar a su salud, a envejecer de nuevo y engendrar a otros estudiantes por los siglos de los siglos.

Qué cansancio, qué pérdida de tiempo todo esto. Su cuerpo que ya no siente a merced de la Pantera, dispuesta a que la abran en canal, a que la destripen con tal de que no lo sienta, de que no lo vea y de quedarse así siempre, suspendida en la cama, fuera del tiempo, atrapada en el riachuelo como una rama que todo lo sobrepasa, rodea, llena y se agita en manos de Annelisse, que recibe reto tras reto de la doctora sin rebelarse pero vengándose de todos con el escalpelo sobre la piel de Carmen Prado, que retiene la respiración, la carne congelada, aprisionada, desangrada, charqueada sin piedad.

Perdón, perdona, perdón, se pide a sí misma Carmen Prado por las heridas que le inflige la ayudante de la Pantera. La fiebre pura por fin, la pura fiebre en que Carmen se aventura sin miedo. Flores que parecen dragones, líneas ornamentales descontinuadas por los pasos, las demoliciones, reestructuraciones, largos pasillos infinitos en el pabellón agrietado y abandonado tras el último terremoto. Los globos de una celebración que barren lentamente el polvo de un pasillo abandonado del Hospital del Salvador. Su papá, la despedida, su manía de morir como los pobres. Trata de volver a la idea anterior, de ligar una imagen con otra, de vencer la tentación de que todo se escape sin ella, de no poder, de no querer controlar su cuerpo en el flujo y reflujo del río. La traición que la ayuda a flotar despacio, muy despacio pero lejos, cada vez más lejos. La calle Bernarda Morín, o María Luisa Santander: se esfuerza por volver a orientar su cabeza lejos del hospital, en cámara lenta volver a su papá a decirle algo que se le olvidó decirle antes. Ricardo Matte Pérez, Québec, Terranova. Qué extraños esos nombres de calles, piensa ahora. La tibieza en que se prolonga su cuerpo, que se mueve sin moverse, que sabe sin ver todo en Santiago, que conoce de memoria, más que eso incluso, la continuación que se le presenta naturalmente, un árbol hueco por dentro, Monseñor Müller, Obispo Pérez, Arzobispo Vicuña, Obispo Salas, un gordo que limpia un auto celeste, la consulta de siquiatra de la Rita, que la obligaba a asistir a ella también, a ver si lograban que se ajustara al colegio, «¿para qué, mijita? Nadie se ajusta tanto en la vida», su hija, que terminó por hacer caso y ajustarse más incluso de lo que quería, recuerdos, recriminaciones, libre de eso, lejos, lejos, se felicita Carmen Prado, el sol en la cara, una casa con muchos timbres, una explosión de cactus delante de una fachada amarilla, un muro que no termina, los adoquines de la calle Seminario, bajando hacia el parque Bustamente, las calles Las Claras, Juana de l'Estomac, que no se llama así.

¿Cómo se va a llamar de l'Estomac una calle?

Juana de Lestonnac, se corrige al fin, se ríe, se permite sonreír en medio de la oscuridad, de esa opacidad en que se acomoda como puede abriendo un ojo, uno solo, en la oscuridad total.

¿Dónde estoy? ¿Dónde me pusieron?

Annelisse, la asistente, ordena apurada el maletín. La Pantera revisa que no se le quede nada en la habitación antes de apagar la luz y bajar a toda velocidad la escalera, el motor de un jeep la espera, unas risas, unos murmullos.

El último apaga la luz, piensa.

El último apaga la luz...

El último apaga la luz.

La voz, que no pierde tiempo en dejar salir de su pecho, las fuerzas que no quiere gastar, vivo solo su ojo, su aire, su cara en la oscuridad. No hay nadie, la dejaron sola. La pieza sin luz, la ventana abierta, el olor a humo y mar, el reflejo de los autos contra el muro. Unos gritos, unos petardos, unas risas del otro lado de la ventana.

¿Qué están celebrando? ¿Qué quieren? ¿Dónde están? La imposibilidad completa de moverse. ¿Cuántas horas pasaron? ¿Qué le hizo la Pantera? ¿Cómo se lo hicieron? Destripada, vaciada, usada, lanzada como un manojo de trapos sucios a un rincón de la pieza, así se siente, y le duele solo pensar en todo lo que duele.

Le espanta y le gusta cómo quedó. Sin brazos, sin piernas, sin pecho, no tiene más que ese ojo que no puede cerrar:

Las palomas…

Los ratones…

Las serpientes…

Los loros…

Espanta el espanto enumerando cosas que le dan miedo.

Las lagartijas…

Los tubos fluorescentes…

Los perros que te huelen bajo la falda…

Los hospitales; no, los hospitales me dan lo mismo.

Las cárceles sí me dan miedo. En Estados Unidos sobre todo, en el aeropuerto, a la salida de las ciudades, muros grises con cientos de rendijas que no alcanzan a ser ventanas, torres de vigilancia, rejas tras rejas donde esperan los familiares.

Los suburbios bajo los focos amarillos de los faroles…

Los paraderos de buses de noche…

La gente que mira el suelo…

Los pájaros que vuelan muy bajo…

Su nombre dicho en serio —¡Carmen!—, que venía siempre antes de un regaño…

Los adultos cuando se ponen serios en general…

Las monjas con uniforme de monjas…

Las monjas disfrazadas de no monjas…

Las monjas felices persiguiéndola por Punta Tralca para lacearla desde su Citroneta y sacarle del pecho la vocación…

Punta de Tralca entera, con las monjas esperando en cada recodo de las rocas la vocación que le carcome el corazón...

El miedo de que se le contagien las ganas de ser monja...

El miedo de despertar sudada con la vocación en la piel...

La luz debajo de la puerta...

Eso, sobre todo eso, la luz debajo de la puerta. La luz estricta debajo de la puerta, permanente, sin desmayos, la luz sin salida, la raya que duele, el fin no sabe de qué o de quién, como esos silbidos de ultrasonido que indignan a los perros. Los violines que se acercan en las películas, los pasos en el corredor, la siesta en el campo del tío Ernesto y la tía Nena. Todos los niños durmiendo obligados la siesta en esa pieza gigante de la que cuelgan bolsas de plástico llenas de agua para engañar a las moscas, sin saber que Carmen no duerme, que no duerme Lucía, que no duerme Alfonso, que no duerme Alberto. Los hermanos Prado murmurando en secreto, en su idioma, uno que inventan, que olvidan, para soportar el cautiverio. Dispuestos a tatuarse un número o un nombre para no perderse en ese universo de tardes con queso fresco que se seca y primos que azotan hormigueros. «Se dice gracias», les aleccionan los tíos cuando les sirven sus panes con queso. Pero ellos no dicen eso, ellos no necesitan nada de lo que les dan, ellos pueden vivir solos por toda la eternidad. Y las ganas también de que se queme todo de una vez, el techo, la bodega, el pasillo, y ver el incendio desde la orilla del lago, ese lago que mata a un niño cada verano.

Su vida entera ha consistido en arrancar de gente que los quiere adoptar, porque sin pensarlo dos veces el papá y la mamá los depositaban aquí a finales de diciembre, cuando, sonriendo, jugaban a quedarse dos días, para irse abrazados los dos apenas podían: «Lo van a pasar regio, niños, es el campo, es Chile, tienen que conocer su país, niños, y a sus primos. No escriban, no llamen, cuando estén listos los vamos a venir a buscar».

Sus sombras siempre juntas se van alejando hacia el final del camino de entrada al fundo. Carmen y sus hermanos se despiden moviendo las palmas hasta que no queda duda de que sus padres no se van a arrepentir, de que es verdad que la dejaron aquí para siempre, todo el verano, el interminable verano. El tiempo que no pasa, que no corre, que no llega, que nunca se va. El carnero muerto sobre el pasto quemado, al que le arrancan los ojos los peucos. El borracho que mataron a la salida del bosque con su propia hacha. El niño estrangulado por su propio cordón umbilical. La inquilina que llega llorando porque su marido le acaba de cruzar la cara con la fusta. Los aperos, las monturas, las espuelas. Los rabiosos hocicos de los caballos encerrados en el establo, que saben que todo esto es una cárcel. El odio en sus ojos espantados, las ganas de morderse como en el *Guernica* de Picasso, los caballos que se odian sin saber ni siquiera que se odian, furiosos por ser acorralados, incendiados de nacimiento, el vapor del aliento, sus ojos terribles, sus dientes que quieren morder el cielo.

«No muerden los caballos. Ya pues, mijita, suba nomás. Suba, no sea cobarde.» Esos músculos palpitantes, el trono de sangre, la respiración bajo sus piernas, la sensación horrible de depender de algo que se desboca de repente, que corre por el prado recién trillado, «bien, Carmencita, pegue las piernas al caballo, bien fuerte», y los árboles tiemblan, y las piedras vuelan a su paso, y sus costillas rebotan, y la respiración que se le corta, la luz ametrallada hasta el final del campo, porque no espera, no sabe, no quiere detener al caballo, espera simplemente que se agote, que no dé más o la deje caer.

«¡Las riendas, Carmen, para atrás las riendas!»

«No puedo, tíooo, no me hace caso.» Suelta las riendas, alza las manos, abre la boca, cierra los ojos, pero sigue cabalgando, más fuerte, más fuerte, hasta que algo se suelta, es el aire, el aire que respira con los ojos abiertos. El brazo que estira para que la saquen de ahí. El murmullo con el que se queja para que sepan que no se ha movido, que no está muerta, que no ha desaparecido todavía. Su cuerpo que vuela lejos de la montura, que se posa en el aire, que se estira en la nada hasta que con la misma sencilla tranquilidad cae, rasguños de puma en celo, naranjo todo el pasto seco, su cabeza contra las piedras, la sangre salpicando a todos los que se acercan, como una fuente infinita de agua, la sangre que riega el mundo para siempre.

Rota, acostada sobre una roca que no perdona, no quiere moverse de aquí, quiere quedarse a sangrar hasta que no le quede fluido en el cuello, tan joven, la pobre Carmencita, tan apretados sus bluyines de dieciocho años, tan suelto su pelo, medio puta, linda casi, virgen aunque parezca lo contrario, podría haber encontrado a un buen marido, podría haber encendido la pradera pero se murió así tontamente, sangrando como un manantial, abierta la cabeza en dos como una jaiba madura que la Márgara rompe con una piedra en el veraneo de Las Cruces.

Morir tan joven, morir tan linda, piensa.

El olor a tierra, a miedo, el bosque en la quebrada, los pájaros negros girando sobre su cuerpo.

No maten al caballo. No pierdan el tiempo. O en realidad mátenlo, saben qué más, mátenlo si quieren, se resigna cuando escucha el disparo junto a su cabeza, que sigue desangrándose, partida en dos, destrozada sobre la piedra del rey Arturo, esa de donde sacaron la espada en la mitad del bosque; no le preocupa, no le alarma nada, dormir, morir, sangrar, rebobinada, sin cara, como un lagarto sacado de su propia piel, busca tocar algo, a alguien, para encontrarse con el olor a cebolla que sale de cada poro de la cocinera haitiana que le acaricia la cara.

—No te vayas, no te vayas, me caí, me estoy muriendo, ya me mataron, no sé por qué, ¿estoy viva todavía? —ruega, no sabe muy bien cómo ni a quién.

—Aquí estoy, madame, no se preocupe, no se asuste, aquí estoy —responde Elodie, y Carmen Prado se sorprende abrazada a la cocinera, dueña de una voz que por fin sale de su pecho.

—¿Esa es mi voz?

—Sí, señora, esa es su voz.

—¿Estoy hablando, Elodie? Puedo hablar, qué raro, mi voz. —Porque se recordaba más ronca, menos niña, más universal, menos asustada de lo que se oye abrazada a la cocinera con quien de pronto no queda desconfianza o distancia alguna que recorrer.

—Me duele todo, Elodie. —Se sorprende de lo fácil que es empezar a quejarse de nuevo, es decir, a vivir de nuevo—. No sé en qué idioma estoy hablando. Se me seca la boca. Estoy muerta, Elodie. Me estoy pudriendo por dentro, Elodie. Estoy fermentando como el vino, estoy toda verde por dentro, llena de gusanos, los estoy escuchando subir por todas partes a los gusanos. Me sacaron la chucha los doctores. No tengo fuerza. ¿Qué es ese ruido ahora? ¿Qué hace todo ese ruido? ¿Qué está pasando allá abajo?

—El carnaval, señora, se está acabando el carnaval.

Una fiesta bajo los parronales, barra libre, vodka hasta las orejas, gente joven…

—¿Cuánto tiempo llevo así?

—Toda la noche. El día también. Grita mucho, madame, en todas las lenguas se puso a gritar. —Y sonríe Elodie con todos sus dientes.

—¿Dije algo muy terrible?

—Huevón, huevada, huevón —la imita Elodie con un horrible acento francés que hace reír al niño, que sigue en una esquina con la metralleta en la mano, el cuello envuelto en un pañuelo palestino que cubre también parte de su cabeza para parecer más combativo.

—¿Sigue aquí este niño? ¿De qué se ríe tanto el cabro huevón?

—Quiere su bendición, madame. No quiere disparar a nadie sin tener su bendición antes. Dígale algo, no lo deje así.

—Que se vaya de aquí, que no joda más, que se vuelva a su pueblo.

—No lo moleste, está asustado. Yo voy a estar con usted hasta que pueda caminar. Yo no me voy a ir de aquí hasta que salga entera caminando a la casa.

—Vámonos ahora, vámonos a la casa —suspira, convocando todas las fuerzas que le faltan—. Terminemos con esta farsa inútil, como decía mi abuelo. Esto se acabó, hay demasiado ruido en esta huevada de clínica. Yo no estoy para fiestas. Reposo, dijeron, reposo absoluto.

Pero la cocinera y el niño la miran en silencio sin hacer ni amago de ayudarla. No tiene fuerzas propias con que arrancar, los brazos atados por las sábanas, las mangueras colgando de las perchas que la drenan y la alimentan, la luz extraña del foco del helicóptero que hace ver todo aún más irreal de lo que ya es esta sala verde amarillenta, esas caras desencajadas, la sombra alargada de los muebles, el ruido.

—¿Qué pasa? Ya pues, no sean maricones, cuenten. ¿Son balas, Elodie? ¿Balas de verdad, eso que se escucha ahí?

—No se preocupe por tonterías, madame. Es su salud lo único que importa ahora. Lo que pase allá afuera no tiene que importarle a usted. Estamos protegidas, no le van a hacer nada a nadie. Nosotros no somos nadie. Está cansada, está toda blanca, llena de ojeras, tiene que dormir, madame, lo único que tiene que hacer ahora es dormir.

Tiene razón la negra de mierda, piensa Carmen Prado. No encuentra las zapatillas. No tengo fuerzas, no tengo rabia, aunque es la rabia pura como un enorme campo magnético lo que la aplasta directo en el pecho, obligada a permanecer entre esas sábanas que son el único mundo que reconoce y la reconoce a ella. ¿Desde cuándo, hasta cuándo? No tiene que pensar en eso. El tiempo no existe, el tiempo no importa ya.

Dormir, dormir.

No tiene ganas ni fuerzas para nada más, aunque no sabe tampoco cómo hacerlo. ¿Cómo dormir cuando se acaba de morir una? ¿Cómo cerrar los ojos cuando te salió toda la sangre del cuerpo? ¿Cómo seguir respirando después de quedar seca hasta la última gota de sangre negra sobre la roca del campo, el caballo baleado a sus pies, el pasto quemado, sus tíos, sus hermanos, los jornaleros mirando su lindo cadáver secándose al sol?

—No me importa morir a mí, Elodie. Me da lo mismo, yo ya viví demasiado, yo ya hice todo lo que tenía que hacer en esta vida. Estoy por encima del bien y el mal. Me da lata nomás. Lo encuentro fome. Morir tan lejos de tu casa.

—Usted no va a morir. Usted ya no murió, señora. Usted no puede morir. Duerma, nosotros nos ocupamos del resto.

—Yo puedo morir, no seas insolente, yo sé morir perfectamente. ¿Qué sabes tú? No me conoces ni en pelea de perros.

—¿Qué es eso, pelea de perros?

—Nada, una expresión chilena. Una tontera que se dice allá. Así se conocen los perros allá en Chile, peleando en pelea de perros, y se huelen y se pelean, se reconocen ladrando como locos los perros, hasta que de pronto son hermanos. Qué tontera, qué pérdida de tiempo ladrarse así.

Pelea de perros, pelea de perros, vuelve sobre la frase para abrazarse a algo conocido.

Pelea de perros. No hay perros en Haití. Los que hubo los trajeron los franceses de Cuba, le explicó tiempo atrás Ferdinand Ferval. Los entrenaron para morder a los esclavos, para devorarlos en jaurías por rebelarse. Los perros se volvieron locos y empezaron a morder también a los franceses. Con sus fusiles y sus bayonetas tuvieron que exterminarlos a todos. Por fin unidos blancos y negros en el odio a ese tercer habitante, corriendo desesperados por los campos de cañas quemadas, lanzados sus cuerpos en la misma zanja de brasa que los consume hasta los huesos. Los perros son en Haití el enemigo, el amo que muerde con los dientes que no tiene.

No hay perros.

Quedan loros, cerdos que se comen la basura, gallinas que se comen a sí mismas, eso y humanos, humanos y más humanos, en todos los lugares humanos, saliendo del hueco de las ventanas, de las veredas que no existen, los arbustos, las hormigas del hormigón armado, hombres, mujeres y niños que crecen por generación espontánea, como liquen, como hongos, en todas partes gente a borbotones, hemorragia, sangre y más sangre.

Pelea de perras.

La perra blanca que murió a sus pies en la casa de la costurera, en la calle Tocornal. «La eligió a usted, señora», descubrió la costurera, que le hizo todos los arreglos pésimo, «vino a morir con usted la Layla. Es una dama la Layla. Sabe la Layla, elige a su gente. Qué tranquila, qué linda es la Layla. ¡Se está muriendo! ¡Vengan, niños! ¡Se está muriendo la Layla!», se levanta a gritar por el patio mientras Carmen mira a la perra suspirar el calor que le queda sobre su zapato sin plataforma. Sus tetillas vacías, los ojos cerrados, el hocico perdido en el que se acumula lentamente la baba blanca del último suspiro. «¡Marjorie, Iván, Lucho, vengan a despedirse de la Layla! Qué linda, se va a ir al cielo de los perros la Layla, preciosa Layla, perra linda», y le acarician el lomo blanco los sobrinos, los hijos, los vecinos que van llenando el salón de suelo de tierra de la costurera, los vecinos del pasaje todos unidos y reunidos por el espectáculo perfecto de la muerte de la perra a los pies de Carmen Prado, que no puede hacer otra cosa que sostener la tibieza del animal sobre su zapato.

—Fue una perra feliz, tuvo todo lo que quiso mi perra. La cruzaron con puros perros de raza. Trescientos mil pesos cada perrita, imagínese usted, señora Carmen. Y había gente que los pagaba feliz. Podríamos haber vendido por una fortuna a la Layla, pero no quisimos, nunca. Es nuestra perra, la quisimos todos aquí, no solo la casa, todo el barrio. ¿No cierto, compadre Lucho? ¿No cierto, Don Iván? ¿No cierto, amigos? Noble, fuerte, fue feliz, tan feliz, mi Layla. Linda mi Layla. Se va a ir directo al cielo de los perros. Si hay un cielo de los perros va a estar la Layla ahí seguro.

—Ya no respira. Se murió, mamá —avisa la hija que estudia medicina, que se agacha hacia el animal para medirle las pulsaciones con su estetoscopio.

La costurera que no puede creerlo, el nieto que llora, los gritos, los llantos que se multiplican en la casa y Carmen que no sabe qué decir y menos qué hacer, ante lo que solo puede mantenerse inmóvil, el cadáver enfriándose sobre sus pies. Niños sin nombre saltan la pandereta para venir a ver a la perra blanca morir al centro del patio. Más y más espaldas sin cara que se toman la puerta de la casa de Viña donde vivió con Gabriel hace dos mil años. ¿Por qué ahora vuelve la casa de Viña a su cabeza si el perro es de Santiago, y los niños y los viejos? No pregunta. Un gigante de bigotes se apiada de ella y levanta el cuerpo del animal y lo lleva en brazos hasta el patio, la calle, la plaza vacía a pleno sol, polvo y nada, el perro mojando su camisa con sangre, todo el pueblo de gitanos vestidos de negro batiendo palmas en son de duelo. El perro que el gigante deposita al centro del ruedo, el sol con todas sus fuerzas sobre su cadáver, el círculo perfecto de los gitanos alejándose como polvo al viento.

Viña, la plaza a pleno sol, las mujeres de negros como bailadoras de flamenco, esto es un sueño, un sueño en toda regla, se felicita Carmen Prado por haber sido capaz de dormir cuando se ordenó a sí misma hacerlo en vez de que su cuerpo lo hiciera a pesar de ella. Un sueño de esos que sueña la gente que duerme normalmente, puro producto de su cabeza, que volvió a dominar su cuerpo, que volvió a soñar sin pedirle permiso a sus venas, que siente que volvieron también a su lugar.

—¿Me quedé dormida? —pregunta a Elodie, que teje a crochet, tranquila ella también, una manta para el hijo de uno de sus sobrinos.

—Lleva dos días durmiendo, madame. Está ganando la competencia mundial de sueño.

Un sueño, el caballo asesinado, el perro inmóvil y caliente a sus pies, solo un sueño, respira aliviada mientras reevalúa la pieza verde claro, la ventana cerrada, la guardiana tejiendo, todo tranquilo, todo en paz, como si fuese apenas un resfrío allá en Santiago. Una tranquilidad que le parece más rara aún que la guerra que recuerda hace unos segundos. La luz verde, el círculo de fuego, los fuegos artificiales todo alrededor.

—¿Quiere agua? —le pregunta la cocinera.

Carmen Prado aprueba con la cabeza. La cocinera se levanta ligera a pesar de su enorme trasero, que flota más que lo que camina. El jarrón, el vaso, su mano experta.

—¿Elodie qué más?

—¿Qué más qué?

—Tu apellido, ¿Elodie…?

—Da lo mismo, señora, descanse, no se preocupe de nada.

—¿No tienen apellidos los negros acaso? ¿No les dan derecho a eso siquiera?

—¿Para qué quiere saberlo?

—Para saber con quién estoy hablando. Es lo mínimo, ¿no te parece?

—Amadée.

—Eso es un nombre, mijita. Yo no hablo con gente sin apellido. ¿Cómo te llamas?

Y ve sus mejillas enrojecer, no sabe si de rabia o de vergüenza. Una rabia y una vergüenza que era lo que Carmen Prado estaba buscando, la incomodidad de su guardiana, que es el comienzo de su comodidad posible.

—Así me llamo, señora, Elodie Amadée Laurent.

—Eso, una información mínima. ¿Viste?, no era tan difícil.

—Le toca a usted, madame.

—¿Me toca qué? ¿Mis apellidos? Prado Urrejola…

—¿Cómo quedó? Ya pues, muéstreme, ¿cómo quedó?

—¿De qué estás hablando?…

—Muestre…

Y no tiene empacho la cocinera en sacarle de un tirón los cobertores, dejándola descubierta y empequeñecida en medio de la cama, como una ostra en su concha recién abierta. Más desnuda de lo que nunca ha estado en la vida, su vientre tejido, cosido, atado y bien atado a vista y paciencia de la brisa del puerto, la calle, los microbios, las pestes.

—¿Eso es todo? —Inspecciona la cocinera el tajo en el vientre, la bolsa de la que gotea un líquido blanquecino, un campo minado, un jeroglífico que nadie puede leer, los restos de una construcción que los obreros dejaron abandonada—. Una sirena, es una sirena. —Se ríe.

Quiere decir sílfide. Se equivocó, se da cuenta de su error, por eso se ríe tanto, y ahora sonríe con ella Carmen Prado.

—Una sirena. Mire, la dejaron convertida en una sirena. —Y vuelve a reír con más ganas.

Una sirena, evalúa Carmen ahora su cuerpo desnudado a la fuerza por esta negra de mierda que no respeta a nadie. Su cuerpo en perspectiva, sus senos relativamente decentes después de que sus tres hijos los chuparon hasta que les dio puntada, y que resaltan más sin el bulto del vientre donde se perdían antes. La cicatriz no tiene nada de discreta, sí, parece tejida con hilo de marinero, por eso lo de sirena quizás, porque toda ella parece atrapada en las mallas de un remolcador.

Las estrías de los partos borroneadas, pero todavía ahí, las venas azules en su lugar, su ombligo chuponeado por alguna máquina extraña, su vientre arrugado de otra forma que la que ya conocía, separado en dos y vuelto a coser gracias a un broche de marino, como líneas que no llegan a ninguna parte; una intervención, una versión de sí misma, una Carmen Prado que quedó apretada y asustada bajo las suturas.

Le sorprende sin embargo reencontrarse con su pubis bajo la cintura. Tan negro, tan salvaje, tan antropológico como no lo recordaba, los pelos locos, la champa negra, ese ratón despeinado, tan poco elegante, tan poco señorial, tan ridículamente ganoso que le impide ser una estatua, un cuadro renacentista, una sirena como dice la Elodie. Su sexo como un ojo sin pupilas que casi no existe si junta sus rodillas, que se abre como un pantano si las abre, si se abre, ese error, ese horror de estar todavía hoy disponible, de poder sudar, mojarse, expulsar sangre, fetos, olores a pescadería ambulante, de ser todavía esa cosa que debía haber aprovechado de clausurar a cal y canto en la operación, dejar esterilizado químicamente, limpio, imposible, su sexo que ya hizo todo lo que tenía que hacer.

Ya no tengo edad, ya no tengo hijos que parir, Rita, ya no tengo con quién, ya no tengo por qué cargar con esa herida, con esa traición que se desangra, que se delata, que saca a la luz puras cochinadas inservibles. Eso quiso, se da cuenta Carmen Prado, operarse de su sexo, expulsar de su curva de sirena ese ratón que se refugia en su entrepierna, limpiarse de esa mancha que siempre deja huellas, que siempre traiciona cuando los perros hambrientos buscan entre los muebles a la fugitiva que siempre le toca ser. Un ratón que asoma su cabeza al fondo del desagüe. «¿Cómo no te dan miedo los ratones?», le preguntaban su mamá y sus compañeras de curso, como si no fuese suficientemente mujer, como si esa fuese la prueba final de su sexo, tenerles miedo a los ratones y confianza a los gatos o los perros. ¿Por qué?

Esa pregunta que desesperaba a todo el mundo a su alrededor. ¿Por qué tendría que tener miedo si son solo conejos más feos, animales que tienen la mala suerte de tener el pelo gris y comer mierda?, razonaba Carmen Prado de niña. ¿Por qué ser feo tiene que ser malo? Tienen miedo, más miedo que nosotros esos ínfimos ratones perdidos en el desagüe de su casa en Pittsburgh, ¿te acuerdas, Rita?, al lado de la fábrica de salchichas que los expulsaba por miles. A mí son los pájaros los que me dan miedo, Rita. Todo lo que está en el suelo es como nosotros, todo lo que busca, todo lo que se alimenta de restos, todo lo que se disculpa es nuestro amigo, nuestro hermano. Los pájaros no nos conocen, los pájaros nos desprecian, los pájaros pasan por encima de nosotros, los pájaros roban uva del plato que se queda en la ventana, los pájaros arrancan la tripa del cordero asado que dejaron solo en el campo. Le sacan los ojos al viejo borracho que se queda dormido sobre el pasto quemado.

—¿Y eso, madame? —Y Elodie levanta una bolsa quirúrgica que hunde un tubo en la cicatriz fresca—. Ah, es para el líquido que sale de adentro de usted. Unas gotitas blancas. —Las ve derramarse despacio al fondo de la bolsa transparente—. Qué divertido, señora, es como un jugo que sale de usted.

—Deja eso, no me toques, no seas falta de respeto, no soy ningún juguete, qué te has imaginado. Cúbreme, por favor, cúbreme ahora. —Tiembla entera de un gigantesco escalofrío, que intenta refrenar entremezclando los dedos de los pies.

—La abrieron de arriba para abajo, madame, pero quedó linda la herida. Grande pero limpia la herida. La señora Colette sabe hacer su trabajo.

—¿Qué sabes tú? —Logra por fin arrancarle los cobertores y cubrir su cuerpo tembloroso—. ¿Desde cuándo sabes de medicina tú?

—Lo hago por usted, madame. El señor Niels me mandó a cuidarla. El señor Niels me puede matar si no la entrego caminando como antes.

—No me vengas con el señor Niels ahora, tú lo único que quieres es burlarte de mí. A eso viniste, a reírte de mí en mi cara. ¿Qué es eso? —le muestra una metralleta parada sola en un rincón de la pieza, como una guitarra de campamento estudiantil.

—Es de Lucien.

—¿Quién es Lucien? —La idea vaga de algo que no está segura de recordar.

—El niño que nos cuidaba. ¿No se acuerda? Usted le dijo que se fuera, señora. Estaba asustado el pobre Lucien, no sabía qué hacer con los disparos por todos lados, usted le dijo que se fuera a su pueblo de vuelta.

—¿Y dejó eso aquí? —Mira horrorizada el arma, que le parece absurdamente pacífica parada en su rincón.

—No se preocupe, no tiene balas. Es solo para que ellos no crean que estamos desarmadas.

—¿Quiénes son ellos?

Y ve palidecer y luego enrojecer la cara incómoda de la cocinera, que no para de desarrugar nerviosamente las colchas para envolverla más en ellas.

—¿Qué pasó aquí, Elodie? ¿Cuánto tiempo estuve dormida? ¿Un año? ¿Un mes? Dime todo, no me mientas. Ya pues, ¿qué pasó aquí?

—No se preocupe, madame, yo los conozco. No quieren problemas, están aquí porque no tienen adónde más ir, mientras no los molestemos no nos van a molestar tampoco.

—Pero, ¿quiénes son?

—Los *chiméres* —baja la voz Elodie, indicando con la mano hacia la primera planta de la casa.

¿Los *chiméres*? Los partidarios más fanáticos de Aristide, recuerda de pronto Carmen Prado. Los *chiméres*, los salvajes, los temidos milicianos del Presidente Aristide, de los que todo el mundo habla pero que ella nunca ha visto, hasta ahora. Un nombre tan viejo, tan raro aquí, lejos de las cenas entre diplomáticos preocupados por la marcha del país ¿Qué hacemos con el cura Aristide? Está loco, no obedece a nadie más que a su esposa norteamericana, *black panter* tanto o más fanática que él. Los *chiméres,* y los soldados descolgados del ejército, los ex *tonton macout* con que siempre hay que contar, cientos de cuerpos sin nombres que empujan los muros de la prisión hasta que se derrumban, que queman cuadras enteras en el centro, que están esperando siempre una traición, una decepción para atravesar el pasto verde del palacio presidencial, su cúpula tan blanca como un pastel en una vitrina y las nubes redondas y celestes y el mar también celeste.

Tiene a sus propios ministros espantados Aristide, pero si lo echamos, si ponemos a Préval, o a alguien más racional, la horda puede destrozar lo poco que queda en pie por puro miedo a que vuelva el general Cédras, el milico bruto que tomó el poder la vez anterior que exiliaron a Aristide. Una tontera todo, poner de vuelta al cura, derrocar al ejército haitiano, humillarlo en su cara, los gringos hasta cuando hacen el bien lo hacen mal. Había que ser demasiado ingenuo para pensar que Aristide le iba a agradecer a Clinton haberlo puesto ahí de vuelta con barcos, helicópteros, soldados blancos gritándole a la multitud que mira esto como un espectáculo interminable en que entran y salen presidentes cada tres años, generales, señoras con carteras de leopardo, órdenes lanzadas por megáfonos en algún idioma que nadie entiende. Obligado Aristide por la esposa gringa y por los helicópteros a probar que no es un traidor, que es él mismo, más iluminado que nunca, mezclándose con la multitud sin nombre de la Cité Soleil. Los marcos de los anteojos del cura brillando de pura fe en el bicentenario de la independencia, pidiendo de vuelta a los franceses la plata que por un siglo les pagaron a cambio de cada esclavo liberado, poseído por su propio papel, arengando en un idioma que solo sus fanáticos entienden, un idioma que ya no es ni créole ni francés.

—Hay como trescientos *chiméres* o más allá abajo, madame —derrama toda la historia Elodie, aliviada de su secreto—. Llegaron a la casa anoche. Se quedan abajo, no quieren subir, no les importamos nosotros. Se corrió la voz, llegan más y más todo el tiempo, pensando que no los van a matar acá.

—¿Quién los quiere matar? No entiendo nada. ¿Qué hace aquí toda esa gente?

—Hubo un golpe de Estado mientras usted dormía. Los rebeldes del norte aprovecharon el carnaval para bajar hasta aquí. ¿No escuchó los helicópteros? Todo el muro de afuera está lleno de hoyos de bala. Mataron al marido de la señora Colette. Fue a buscar unos documentos a su casa y lo mataron ahí mismo los rebeldes.

—¿Y a la Pantera, la mataron?

—¿Quién?

—Ella. —Y muestra el lugar donde la doctora le dejó la cicatriz.

—Está bien la señora Colette, alcanzó a arrancar a República Dominicana. La operó a usted y esa misma noche se fue corriendo en un jeep que la estaba esperando.

—¿Y al cura, lo mataron? —recuerda finalmente al Presidente.

—¿El Presidente?

—Ese.

—No, se lo llevaron solamente.

—¿Cómo es eso de que se lo llevaron?

—En un helicóptero muy grande, el embajador de Estados Unidos. Le dijeron algo como «Señor Presidente, nosotros lo pusimos, nosotros lo sacamos». Él dijo que no, que se quería quedar, pero se tuvo que ir igual.

—Pucha, qué civilizados los gallos. ¿Quién gobierna ahora?

—No se sabe, madame. Los rebeldes querían que se fuera el Presidente. No querían nada más. Se fue el Presidente y partieron al norte de vuelta. Eso es lo que cuentan, no se sabe nada oficial.

—¿Quién cuenta? Se supone que has estado en mi lecho de muerte todo el rato.

Y Elodie le muestra una diminuta radio roja que chirría en una lengua parecida al francés.

—Cuando se acaben las pilas no vamos a saber nada más del mundo, madame.

Y enumera gozosa la cocinera nombres y más nombres de funcionarios de Aristide que han sido quemados vivos en Petionville, simples paseantes decapitados porque sí por los soldados jubilados, ancianos, niños, gente y más gente colgada de los postes entre Gonaïves y Puerto Príncipe. Montañas de muertos apilados, el resto de los partidarios de Aristide arrancando sin maletas hacia el puerto, decenas, centenas de personas que no dicen su nombre a nadie, que de noche o de día incluso reptan como pueden hasta el barco abandonado, que llenan con sus cuerpos flotando a la deriva, sin motor y sin vela por el Caribe, más allá de Cuba, las Islas Vírgenes, las Bahamas, imbricados unos en los otros en el puente de la carcasa metálica, miles de cuerpos que flotan sin conductor. Barcos oxidados que no obedecen a ninguno de los guardacostas de Florida que les advierten que no avancen más, altoparlantes, balizas, bengalas que disparan en vano, obligando a las autoridades a remolcarlos hasta la orilla, donde bajan desnudos o en harapos más y más cuerpos que a pesar del interrogatorio no quieren ni pueden decir su nombre.

—Los pobres americanos no saben qué hacer con tanta gente, llegan sin parar. No necesitan más problemas, con la guerra que tienen en el desierto, imagínese. Nadie quiere ayudarlos tampoco, como ellos no ayudan a nadie... Es su mar, es su gente, ellos lo pusieron, ellos lo sacaron, es su amigo el Presidente Aristide, ellos se tienen que hacer cargo de él.

—¿Por qué no me contaste nada?

—Estaba dormida, madame. ¿Cómo podía contarle?

—¿Pero por qué no me despertaste? ¿Por qué dejaste que me operaran mientras estaban quemando la ciudad? ¿Por qué no me llevaste en el mismo helicóptero que se llevó a Aristide?

—Sonreía usted, yo no quise despertarla, hablaba sola, se veía tan feliz.

—Estás gozando con todo esto tú. —Se alegra extrañamente Carmen Prado de la sonrisa con que Elodie enumera los desastres ocurridos en su ausencia—. Eres peor que yo, eres perversa tú. ¿Te gustaba a ti Aristide? —pregunta, aunque adivina de antemano que la estricta Elodie tiene todo el aspecto de detestar el despelote total de la Fanmi Lavalas, la «familia avalancha» en créole, el partido de Aristide, una junta mal revuelta de mercenarios, locos mesiánicos e izquierdistas de siempre, dispuestos a cualquier cosa por su líder.

—No, a mí no me gustaba —le confiesa la cocinera—, pero para los pobres era una esperanza.

Y la pausa de su voz, la solemnidad de su gesto, dejan en claro que con eso basta, que eso es finalmente lo único que importa aquí, ser una esperanza para los pobres.

—¿Qué es esa huevada, por favor? Qué tontera más grande, si estaba loco como una cabra tu amigo el cura. Yo lo conocí, fui al palacio presidencial con Niels, te miraba a los ojos y te daba miedo.

Sus anteojos de cura, su traje de cura, su boca de cura, un cura, eso es, eso va a ser siempre este gallo; aunque se case con siete mujeres y sea Presidente de Haití siete veces más, nunca va a dejar de ser un cura de provincia recién salido del seminario. ¿De qué congregación? Eso le preguntó una vez Carmen Prado, ¿de qué congregación era?, produciendo en el Presidente y su corte una incomodidad que le perdonaron solamente porque Dinamarca es un país amigo que nunca le ha hecho mal a nadie.

«Salesiano», respondió por el Presidente un esbirro, como si se tratara de un pecado inconfesable. Era una recepción cualquiera, hace un año, o menos. El palacio demasiado blanco, los salones demasiado amplios, las mujeres a un lado, los hombres al otro sobre la alfombra impecablemente púrpura. «Qué bonita piel, qué bonita piel tiene usted», le decía la Mildred, la esposa americana de Aristide, a quien le dio por tocarla. ¿Qué obsesión tienen todos con la piel en este país de mierda? «Mira, mira, para ser blanca es preciosa», decía la mujer mostrándoles el dorso de los antebrazos de Carmen a sus secretarias, las amigas, las esposas de los ministros para que la tocaran ellas también. ¿Qué se le dice a alguien que te toca de esa manera? ¿Cómo se agradece un cumplido tan raro? Y la cara del cura, extrañado de que no lo miraran todos a él, perdido si no era él el centro de la conversación. La sonrisa dulce, sin embargo, esa cosa de niño que hacía aún más terrible su mirada.

—Se creía Dios tu Aristide. Estaba convencido de ser el Mesías en persona.

—La gente lo eligió y con eso basta para mí, madame. La gente que creía en él se quedó sin nada en qué creer. Eso es muy duro, señora, vivir sin creer en nada.

—Creer, creer, media huevada. Un loco, un demente, un cobarde que arranca cuando los gringos le piden que se vaya. Puta los enfermos mentales que fabrican ustedes. El lujo que se dan. Emperadores, reyes, magos, estafadores, curas dementes. ¿Qué van a inventar ahora? No van a descansar hasta destruir lo que queda de este país de mierda.

—Cálmese, señora. No tiene que exaltarse, está enferma todavía, tiene que dormir, ahora lo único que tiene que hacer es dormir. —Y Elodie aprovecha de posar su mano redonda sobre la frente de la enferma que, cada vez más indignada, la desafía.

—Ya pues, no seas maricona, ¡defiende tu cagada de país aunque sea! ¡Di algo, inventa algo! Explica, pelea por tu gente, ¡pelea! ¿Por qué son todos reyes acá? ¿Por qué se matan así? ¿Por qué se sonríen todos si se odian?

—Es mi país, señora. Usted se va a ir de aquí, usted va a volver a su país, nosotros nos vamos a quedar.

—Tenga cuidado, Haití muerde —le dijo Ferdinand Ferval esa noche perfecta a las afueras de Jacmel.

—¿Como un cangrejo? —responde riendo Carmen Prado, porque en el mapa eso es lo que parece esta mitad de isla, un cangrejo cuyo caparazón es Santo Domingo.

—Un dragón. No un cangrejo, un dragón —se ofende el empresario, medio en broma, medio en serio.

Ni esa humildad se permiten los haitianos, ser comparados con un cangrejo. Quieren todo el esplendor, quieren toda la leyenda a sus pies, le explica el empresario esa tarde perfecta.

Un cáncer, piensa ahora, solo ahora, lo que era tan evidente, un tumor, sus dos pinzas hacia el Caribe, país de mierda, trampa para incautos. La noche y la brisa en medio de las hierbas altas, el reposo sobre tumbonas blancas, rodeados de los rottweilers entrenados para matar con que Ferval protege su casa. Tan guapo en su camisa verde oliva, el empresario que habla con nostalgia de sus estudios de ciencias políticas y filosofía en La Sorbonne en pleno mayo del 68; más a la izquierda que los trotskistas, «bastante más a la izquierda, diría yo», explica.

¿Qué hay bastante más a la izquierda que los trotskistas?, se pregunta Carmen Prado, a quien nunca le interesó la política, la política en que vio hundirse a su hermano Alfredo y a sus amigos del MIR, que no alcanzaron a jugar cuando tuvieron que ocultarse, escondido su hermano todavía en una clandestinidad de la que no sabe ya cómo salir. ¿Qué edad tiene este gallo?

Las canas y los bigotes dicen que no es joven, por el resto parece de veinte años. Fue exiliado por Baby Doc, que no era tan mala persona después de todo, explica. El malo era el padre, «no se sabe de dónde viene, su familia no existe en Haití. Salió de la nada, cerca del puerto, dicen, pero no hay ningún registro como no sean los que inventó él». Y sus cejas sugieren una cantidad de matices que Carmen se esfuerza en no entender.

¿Viene de la nada? ¿No es nadie? ¿No hay fotos de él joven, vestido de funcionario, escondido debajo de sus gruesos anteojos?

—Era otra cosa Papa Doc. Nos enseñó el orgullo de ser negros. Estudió antropología en el campo, usted sabe. Le dio cartas de nobleza al vudú. Quería cosas buenas para Haití, pero de una manera que era mala para Haití; los consejeros, la gente que está alrededor, esos son los que destruyen todo en Haití; este país podría ser rico, madame, podría ser un ejemplo para el mundo si no tuviéramos esa clase dirigente que tenemos.

Como si Ferval y su avión privado no fuesen parte de esa clase dirigente.

—Haití tuvo dos grandes oportunidades. No, tres.
—Levanta los dedos, entre amenazante y divertido.

La obsesión de los haitianos por hablar de Haití, por explicar Haití, por perdonar a Haití todo el tiempo. Para entender esto (o lo otro, o lo de más allá) hay que entender la historia de Haití, madame. Y empieza una vez más con la lata de Toussaint-Louverture que liberó a los esclavos haitianos mientras los esclavos del resto del mundo seguían encadenados. Antes que todos, cuando Jefferson se acostaba con su esclava, isla entre las islas, Haití, el país donde Simón Bolívar descansaba soñando la libertad, madame, la isla de donde sacó los fondos y las fuerzas para inventar su ejército de la nada sin todo lo cual no existiría nada de esto, Venezuela, Colombia, Ecuador, Perú, Chile.

—Chile no tiene nada que ver con Bolívar —alega orgullosa Carmen Prado, como para sacarse de encima cualquier sospecha tropical—. O'Higgins es el libertador nuestro, ciento por ciento irlandés.

—Da lo mismo. Es la idea de la libertad, eso es de Haití —precisa sonriendo Ferdinand Ferval. Porque siempre sonríen los haitianos cuando no están de acuerdo contigo. Porque solo te pueden decir no cuando toda su cara dice sí.

Es una tontera discutir siquiera, sabe Carmen Prado, sentada con el resto del cuerpo diplomático viendo pasar delante de ella al panteón local del vudú patriota con sus dioses de bicornio, botas altas, pantalones blancos apretados, hiedras y laureles dorados en las solapas de sus uniformes de gala, Dessalines, que se hizo llamar emperador apenas pudo, y el loco Henri Christophe, que fue rey e hizo construir la Citadelle en el norte pero que antes fue el mejor pastelero de Saint Domingue, como se llamaba la colonia, la más rica del mundo civilizado de entonces, señora Carmen, la seda, el algodón, el azúcar de los pasteles de María Antonieta, los caprichos más caprichosos de la emperatriz Josefina eran nuestros. Ella, que era de aquí también, nacida y criada en las Antillas, que en el fondo es solo un Haití que no se atrevió a ser Haití hasta el final y que con toda su prosperidad de club de vacaciones para la clase media francesa le parece a Ferval simplemente miserable.

—¿Usted ha ido a la Citadelle?

Claro, lo que no paran de mostrar los haitianos a quienes los visitan. Una fortaleza que llega al cielo. Cien mil espaldas libres escondiendo la cara bajo los bloques de piedra que los aplastan felices, desfilando ante el emperador de los cielos, los infiernos, la tierra, para siempre, por siempre. Todo dura aquí, siempre, aunque tampoco nada dura más de un segundo, menos que eso, señora. Envenenados, acuchillados, aplastados por las botas de otro general, un barco que naufraga, una invasión, alguna de las diez plagas de Egipto, la Biblia entera sin Jesús y sin que Dios le devuelva nada a Job. ¿O eso están esperando, que se acabe la apuesta con el Diablo, que todo esto sea solo una broma? El éxodo eterno en Babilonia, con Daniel conversando con sus amigos en medio de la hoguera y Ester, loca, encerrada en una jaula de oro puro mientras los pies de barro derriban todas las estatuas.

—Imagínese al ejército de Napoleón con todas sus plumas, el general Leclerc, su mejor general, su cuñado —insiste Ferval—, *la grande armé*, el gran ejército, el mismo que invadió Rusia, el mismo que se llevó toda Europa consigo: le ganamos nosotros. Solo nosotros, nadie más.

Un puñado de esclavos que nunca había luchado con nadie escondido en los matorrales, protegido por la fiebre amarilla que destrozó al ejército dedicado a cuidar plantaciones que se quemaban sin avisar. Los generales que no morían se volvían locos, incapaces de saber cuáles de los mulatos eran leales y cuáles no. Cocineros, cocheros, campesinos, brujos también, imanes musulmanes, el veneno en la cena, la comida, el prado, los caballos, el veneno en todas partes que terminó por ahuyentar a los franceses, que no se atrevían a respirar tranquilos ni el aire que los negros podían también infiltrar. «¿Quieren ser libres? ¿Eso quieren? Quédense con su isla, negros de mierda, nosotros nos volvemos a Francia», y se van los blancos con sus chaquetas amarillas, sus sombrillas, sus clavicordios en lomos de burro, sus hijas que maldicen esa tierra que fue suya, a la que no volverá nunca más nadie que no sean estos negros malditos que no les permiten ya comer o dormir o caminar sin sospecha ni espanto por el resto de sus días. Eso es lo que se enseña aquí, a desconfiar para ser libre, a matar con una sonrisa, a irse después, a saber cómo te echan.

Camino al campo de Ferval ve a un anciano de ojos azules y la piel más negra que lo negro. Encabeza un grupo polvoriento de negros de ojos igualmente azules, que negocian con el empresario su cosecha de vetiver. Lowentall, Zywiec, Petliura, apellidos polacos, le explica después Ferval, descendientes de los soldados que trajo aquí Napoleón. Perdidos en ese rincón de la isla, casándose entre ellos para no perder el azul de sus ojos, de tarde en tarde nacen ciegos por falta de variedad genética. Esa dignidad de polvo y ojos ciegos que vende una maleza que en el sur de Francia convierten en Guerlain, Yves Saint Laurent, Chanel, ámbar de Duty Free, lujo entre los lujos, Aqua Viva, Puig, sinuosas botellas, vaporizadores en forma de orquídea, verde más verde que el esmeralda mismo detrás del rugoso cristal. El veneno, el manejo del veneno, ese es su privilegio, no han salido de ahí los haitianos.

—Imagínese —la alecciona Ferval en medio de sus pastizales salvajes—, la primera República Negra del mundo. Imagínese, de un día para otro todos los esclavos libres. Imagínese lo que sintieron, imagínese, por primera vez en el mundo todos libres de un día para otro.

Dos negros asan para Carmen Prado tres langostas sobre un bidón de aceite partido en dos en la playa de Saint Sauveur, mientras ella nada vigilada por el empresario, que sonríe con esa ironía haitiana que ahora sabe cómo duele. El vértigo de arrancar sin nombre, la libertad de ser arrancada en carne viva, eso Carmen Prado lo conoce de memoria, sabe mejor que nadie de ese espanto, el tener el día y la noche sin nadie, libre, libre, sin amo, sin tarea, sin casa, sus cuerpos sin camisa enfrentando la brisa donde todo es inmenso y ellos son pequeños como hormigas que está a punto de aplastar el pie de un gigante.

¿Quién es usted? ¿Qué hace aquí? ¿De dónde viene? ¿Adónde va? Un guardia, un policía, otro esclavo como ellos. Y correr, correr antes de responder a cualquiera de esas preguntas, correr en el pasto alto hasta perderse, sin lengua, sin nombres, kilómetros y kilómetros sin que una voz los llame. Sueltos por entre los pantanos, temerosos de caer en alguno y no salir más, sin que nadie pudiera advertirle nada al patrón que ya no es su patrón, soltados a su suerte, extenuados de tanto aire que respiran, hasta que conocen a otro que corre como ellos y otro más con el que caminan ahora para disimular, y siguen caminando hasta la ciudad, donde la gente, espantada, no quiere tocarlos porque no tienen dueño, porque no tienen destino tampoco.

—¿Quién les dijo que vinieran aquí? ¿Quién llamó a los *chiméres*? —pregunta inútilmente Carmen Prado.

—No los llamó nadie, vinieron solos, no importa, madame —triunfa Elodie, que sabe que todo aquí se pacta sin palabras, que sin saber nada todo en Haití se sabe así, correr por donde corren los demás, por las colinas, los pastos altos, la calle con postes y semáforos, las panderetas que los otros saltan al mismo tiempo, buscando la fogata en el jardín. Cuadros rotos, cojines arrugados, hechos papilla, plantas de salón que huelen, muerden, devoran, riendo, gimiendo todos juntos en las salas de espera, los archivos, la enfermería, el éter, las mesas y las sillas convertidas luego también en fogatas, las ampolletas, los tubos fluorescentes pulverizados; en una hora o dos la clínica de lujo quedó convertida en un establo, una bodega, una cueva de Alí Baba completamente oscura, donde no se reconocen las caras, vacía, y allí por fin se sientan en paz, a esperar la luz del día, cantando muy bajo, como en el fondo de un barco que muy lentamente navega sobre las olas también oscuras.

—¿Dónde están específicamente? ¿Los viste? ¿Cómo son?

Carmen Prado alza su pecho fuera de la cama para enfrentar a los *chiméres*, que siente que la esperan allá abajo, donde termina la escalera, como precisa la Elodie. Están por todas partes, todo el suelo de la clínica está sembrado de cuerpos que esperan pegados a su propio sudor. Son cien, doscientos, trescientos quizás, y aparecen y desaparecen todo el tiempo, madame, es imposible contarlos.

—Voy a hablar con ellos. Esto lo arreglo yo en cinco minutos, ya vas a ver tú. Esta es mi casa, más respeto, más respeto… —Y logra por fin sentarse sobre la cama, la brisa en su espalda, los hombros libres, la sensación rara de respirar sola—. Ayúdame a levantarme. Ya, pues, ponme una bata, algo, no voy a ir desnuda a retarlos, pobrecitos. Son malos pero no se merecen ese castigo.

—No pierda su tiempo, madame —insiste Elodie, por primera vez nerviosa—. Son del norte, no saben dónde están parados. Están perdidos, si están acá es porque no saben adónde más ir. Son niños, no hacen nada, pero si los molesta se pueden poner nerviosos. Son muchos, y tienen hambre. No vaya, hágame caso, madame.

—No me van a comer, no te preocupes, tengo la carne demasiado dura. Yo soy chilena, no me van a hacer nada a mí. Ya pues, no seas cobarde, Elodie, ayúdame a levantarme, no seas desobediente, yo soy la que manda aquí, haz lo que te digo.

—Yo no digo nada, madame, usted manda. Si usted quiere verlos, vamos a verlos.

Sin ganas, Elodie le toma el brazo y, por primera vez en días, semanas quizás, no sabe, el tiempo no existe, el tiempo no cuenta, Carmen posa sus pies sobre el suelo frío. Un mareo sin fin la asalta. Siente frío, puntadas en todos los músculos, calambres en la espalda, las piernas agarrotadas, pero logra levantarlas, equilibra el resto, controla el temblor de las canillas, finge un amago al menos de dignidad y se queda parada allí, sin poder volver a la cama, sin dar un paso más, congelado todo, astillada la carne, frenada por un asco milenario que no quiere por nada en el mundo que se convierta en un vómito.

No tengo que vomitar, se ordena a sí misma una vez más.

No tengo que vomitar.

No tengo que vomitar. Toda su fuerza, toda su vida se limita a esa verdad indesmentible, no salir de sí misma, quedarse parada sobre sus rótulas, ser su propia fuerza contra el miedo. Retiene el aire, la garganta, el estómago cerrado como por un puño de miedo.

—¡Sálvame, no seas maricona, sálvame! —le exige a Elodie.

No es una mujer, no es una niña, no es nadie sino las fuerzas que la sostienen apenas contra el aire que gira, las caras tan pasajeras que no las distingue, la dimensión infinita del vacío por todos lados.

—Vuelva a acostarse, señora. Ya caminó lo suficiente, ya está bien por hoy. No saca nada con molestarlos a ellos. Yo conozco a esa gente. Habría que darles comida para que se fueran, señora. Poner unas mesas allá afuera y traer comida, con eso se arregla todo.

—Cállate, no seas vulgar, no solo de pan vive el hombre —ordena Carmen Prado, que ha recuperado no sabe cómo el suficiente equilibrio como para fingir que se puede mantener erguida—. Están en mi casa.

—Es una clínica, señora. Es la clínica de la señora Colette.

—Donde estoy yo es mi casa. No seas tan materialista, mijita. Hay que recibirlos como se merecen, hay que tratarlos con respeto, Elodie. Se logra mucho en la vida tratando a la gente con respeto. Voy para allá… No te preocupes, yo sé caminar sola. Yo sé caminar, yo sé…

Pero le cuesta un mundo dar el primer paso. Asustada, apartada de sus propios huesos, con un movimiento de cabeza impulsa la melena hacia atrás como única señal de que es una mujer todavía.

—No se olvide de eso —dice Elodie al tiempo que recoge la bolsa atada a su herida por una cruz de cinta adhesiva, que cuelga de un gigantesco armatoste de metal montado sobre cuatro minúsculas ruedas.

—¿Qué es eso?

—Es suyo, madame, se lo dejó la doctora. Ahí está su comida y su bebida, en esa bolsa que cuelga. —Sonríe triunfante la cocinera.

—Qué latera más grande. ¿Cómo voy a andar con eso colgando, Elodie? Soy una señora, esta huevada es horrible, no puedo hablar seriamente con esta cosa colgando al lado.

—Es la doctora, madame, son órdenes de ella. Yo la pongo aquí y no le molesta. —Y aleja coquetamente la barra de metal de la enferma.

—No lo necesito, no necesito de nada. Pantera de mierda, son puras mentiras. Odio a los médicos. Te apuesto que no sirve para nada. No me va a cagar esta huevona. No me va a ganar. Vamos, no seas maricona, vamos. No me sueltes, Elodie, no me sueltes, por favor.

Y mueve como puede la barra de metal, la sonda en su herida, a la Elodie que suspira, sus zapatillas siempre a punto de resbalar lejos, la incomodidad entera de su cuerpo mal atado a sí mismo, como una serie de cajas a la salida de las compras navideñas.

—¿Viste que puedo, viste? —desafía a la cocinera, que la sostiene por el flanco derecho. Un paso, otro, otro más en silencio y en gemidos que, siente la enferma, solo aumentan una tensión que tiene que romper a como dé lugar. Porque si se cae siente que podría quebrarse como una muñeca de porcelana, y si se quiebra va a quedar para siempre quebrada, sabe ahora. Y el brillo del suelo resbaloso, el sol en la ventana, el metal resbalando a sus espaldas, y los rulos de su hijo Ricardo tapando el sol al que reza como a un santo de gruta, una imagen hacia la que caminar, la idea de que un hombre es eso, la sonrisa estúpida pero gratis hacia la que caminar sin piernas casi, sin más fuerzas que la necesidad de probarle que puede, que debe caminar, que está andando a paso mínimo, pero andando al fin, por fin, ahora, ahora.

—Estoy llegando, ¡estoy llegando, hija de puta! Maricona, maricona de mierda, maricona… —recita insultos como un mantra que le permite atravesar la distancia que la separa del aire—. Hija de puta, conchetumadre, puta, puta, mil veces puta, culeada, reculeada, cochina…

—No hable, mejor, madame. Se le van todas las fuerzas hablando. Usted se regala demasiado. Hay que unir las fuerzas en la vida. Hay que apretar los puños si uno quiere caminar. Usted es fuerte, usted no tiene que tenerle miedo a nadie.

—No comprendes. Yo no soy como todo el mundo. Yo mientras más hablo mejor me siento. Yo no puedo concentrarme, yo no necesito aire, necesito gente, yo sola no existo, Elodie, necesito que me miren, que me tomen para saber que estoy viva, si no me pierdo como la arena. Me estoy mareando, no puedo más, me voy a caer. Volvamos a la cama mejor.

—Ya estamos muy lejos para volver, madame. Camine, estamos cerca. Un paso más.

—Con tal de contradecirme eres capaz de cualquier cosa tú. Yo sé mejor que tú lo que me pasa. No puedo más, Elodie, no tengo más fuerzas.

—Camine, madame, camine, huevada, huevón, puta, puta, diga sus cosas, no se prive, siga… —La empuja Elodie.

—No tengo nada más que decir. Este es el desierto, este es el fin. Debería estar muerta, no sé por qué estoy viva. No le sirvo a nadie, no sirvo para nada, Elodie. Mis hijos me odian, mis hermanos no me hablan, no tengo casa, no tengo ahorros, nada mío. Soy una puta vieja, estoy lejos de todo. ¿Para qué? ¿Para quién? Llegué —suspira atravesando la mampara hasta divisar la baranda de la escalera como de Hollywood que se tuerce hacia la penumbra del primer piso, donde presiente sin verlo el movimiento de los *chiméres*.

—Quédese aquí, madame, no los asuste. No haga nada brusco, tenga cuidado. No son malos pero pueden ser peligrosos.

Y aprovecha de hacer con la lengua unos extraños chasquidos que las sombras allá abajo, no se sabe cómo, interpretan como una orden de retroceder uno o dos escalones hacia las sombras.

Carmen Prado aprovecha las distracciones para sudar todo el vértigo al mismo tiempo, el miedo de no tener cómo volver a su propio cuerpo, que ha dejado acostado en medio de esa cama.

—Tú no crees en mí, tú no entiendes, yo soy chilena, los chilenos no le tenemos miedo a nada. ¿Dónde están estos cabros? ¿Dónde se metieron los maricones? ¡Aquí estoy, que vengan, que vengan, que nadie los detenga!

Aprieta el vientre contra la baranda que la sostiene y un suspiro llena su pecho. Se peina un mechón adolescente que tiene la imprudencia de bajar sobre su frente. Levanta la cabeza para encontrarse de golpe en una mampara de vidrio con su reflejo completamente distinto del que recordaba.

—¿Esa soy yo? —Le muestra a la intrusa de la Elodie el brillo de una puerta clausurada al fondo del pasillo.

—No, esa no es usted —contesta la cocinera—. ¿Cómo va a ser usted? Usted es la señora que está aquí conmigo. No puede estar en dos partes al mismo tiempo... —Se ríe de su propio ingenio la cocinera.

—No es divertido, Elodie. Mira en lo que me convirtieron. No tengo cara, no tengo cuerpo. Me disecaron como a un animal salvaje. Soy un fantasma. El fantasma de las navidades pasadas…

El fantasma de las navidades pasadas, eso.

El fantasma de las navidades pasadas.

Se le ocurre, no sabe por qué, repetir esa frase del libro. ¿De qué libro? No me acuerdo. ¿Una película?

El fantasma de las navidades pasadas.

Su vientre aplastado, avara, desheredada, desmembrada, desollada, viva, contra todos, contra todo estoy viva, se sostiene de la baranda tan fría de su casa, palacios, villas, departamentos todos de un piso entero, pasillos y más pasillos, la brisa del salón, los desvanes, las bodegas, el pasillo de los sirvientes, escaleras, puertas cerradas, el castillo siniestro de todos los cuentos de hadas, Barbazul, Rapunzel, muchas puertas que no hay que abrir, muchos pasillos, chimeneas falsas, cuernos de la abundancia en el techo, un piano de cola envuelto en un trapo verde a la orilla del cual duermen Lucía y Carmen, solas en una pieza, todos sus hermanos en otra, ella sola hablando a través del muro con sus hermanos.

«Te toca a ti, Carmen, ahora, anda tú.» Y bajar sin correr, sin apurarse cuando la llaman, sin saltarse los escalones, atravesar las bibliotecas, la cocina, las oficinas consulares vacías hasta llegar al salón. Una reverencia ante los mayores, una respuesta ingeniosa ante sus preguntas, una canción, un poema:

«A ver, Carmencita, a ver, ¿cómo era el poema del patito? ¿Qué es la realidad? ¿Adónde van los perritos cuando se mueren? ¿Cómo se llama el Presidente de Turquía? ¿Qué te gusta más de Chile? ¿Quién debería ser Presidente ahora? ¿Qué opinas de las monjas, los curas, los árabes, los franceses, las sinagogas, la lluvia de verano? ¿Qué crees, qué dices, qué piensas, Carmencita? O Lucía o Alberto o Javierito. Digan algo, pues, digan algo, niños», y decían algo, con insolencia, con brutalidad, cualquier cosa para impresionar a los invitados del abuelo, la punta de sus cejas que dirigía el mundo, redondo y bonachón de lejos, poderoso e implacable de cerca, decidiendo él y solo él cuándo era bastante, cuándo habían cumplido su papel y podían volver a su escondite.

De vuelta arriba donde la esperan sus hermanos: «¿Cómo te fue? ¿Te echaron? ¿Se rieron los grandes?». A veces ni siquiera eso, el silencio decente, las risas de los grandes subiendo con la insolencia de una fogata a sus espaldas. La fiesta que empieza sin ellos, que han sido solo un aperitivo, un desfile, un último rastro de inocencia que deja a los adultos felices repartiendo bromas, anécdotas, sorpresas que no sorprenden a nadie. Y acostarse, y fingir que duermen, que juegan, que se pierden en el jardín, que van al colegio en auto con chofer, que vuelven del colegio a pie por los peores barrios (que son los únicos que les gustan) para de nuevo esperar de pie en el corazón del barco, cerca de la sala de máquinas a todo vapor, esperar que los llamen a hacer su gracia.

Es su forma de pagar su comida, su cama, su colegiatura, su lugar en la casa del abuelo, al que le gustaba eso, demostrar a los invitados su generosidad sin fin: su hijo demasiado digno para trabajar en algo útil, que sin embargo pare y pare nietos deliciosos que el abuelo, o sea el Gobierno de Chile, tiene que alimentar, vestir, peinar, enseñar a tocar cuatro venezolano, a bailar tap, a decir impertinencias divertidas, a memorizar poemas, o solo dejar brillar sus cabelleras casi rubias, sus ojos casi verdes, su sonrisa que casi nunca fue feliz.

«¿Qué pasó, niños? ¿Adónde van tan peinados? ¿Qué quiere el viejo ahora?», se alarmaba el papá cuando se cansaba de militar en partidos clandestinos de los distintos países donde vivían y volvía a la casa en busca de ropa nueva y mesada que regalar a los combatientes.

«Ya, pues, Carmen, Lucía, niños, ¿qué les dice el abuelo?»

«Nada, papá, no te preocupes. No lo puedes entender, son cosas de grandes.» Porque eso sabían, que solo el abuelo y ellos eran adultos, que el papá y la mamá eran niños, o peor que eso, estudiantes, aliviados de cualquier otro deber que el de hundirse en su amor indecente, siempre físico, ocupados en ser ellos mismos hasta el final, dándose el lujo de gustarse hasta el fin, de mirarse, de destruirse con total libertad. La libertad es siempre un robo, papá. La libertad es siempre un lujo, siempre una esclavitud. Porque nadie más pudo amarse como se amaban ustedes dos. Ni Lucía y todos sus pretendientes, ni yo y todos mis maridos, ni Alfonso ni Alberto y sus borracheras, porque el amor es de ustedes y solo de ustedes, profesionales de sus cuerpos, especialistas en esa recaída permanente, siempre mirándose, siempre odiándose, buscándose en todos los rincones del mundo, riéndose solos, sin que nunca se les ocurriera siquiera la idea de ganarse la vida, de comprarse una casa, de tener un lugar donde criar a sus hijos, regalos para sus propios padres, rehenes de una guerra mundial, el papá contra el abuelo. Espías, espectadores, vírgenes que los dioses tienen que comer. Alimentándose de restos que les permiten recoger a la pasada. Regalo de los invitados, limosna de las cocineras, sándwiches y lonjas de pavo, canapés de salmón, *bavarois* clandestinos en sus aposentos cuando están de vuelta del escenario. Comiendo con la mano, gruñendo en un lenguaje propio, sin que nadie pudiera retarlos ni pedirles que se porten bien. Libres después de cumplir su función de ser niños completamente salvajes, en su lado de la casa, cuando nadie más los veía en el vestuario y los bastidores del teatro que era su vida, el lugar donde tenían el asombroso derecho a no tener edad alguna.

Hasta que de pronto «Lucía, ponte derecha. Carmen, tú también». Y son ellas y no los niños hombres, ellas y cada vez más ellas, solo ellas las convocadas, juntas, para pasar simplemente como carabelas delante de los Reyes Católicos, y bogar, mostrarse, pasar y volver a su lado de la casa, las mejillas encendidas de fuego. El reflejo en el vidrio donde se reconoce un brillo, una espada, una chasquilla, una llama de algo que es Lucía, que era la que todos querían ver, mientras su hermana Carmen espera en la cima de la escalera de Hollywood, mal empaquetada en la tela que sobra o falta, cosida y descosida a la fuerza en su traje de quince años. Su cuerpo desafía todos los recovecos, no tiene vuelta aunque esté hecho de mil vueltas justamente. Muerta de frío, de ganas, de hambre, muerta de nada, viva, absolutamente viva de todo eso al mismo tiempo, disponible para ser destrozada en mil pedazos cuando la llamen abajo, cuando la necesiten para acabar con el incendio con que su hermana termina con las pretensiones de los pretendientes.

Y debe bajar sin correr, sin apurarse, sin saltarse los escalones, hasta la brisa del salón. Saludo a la bandada, el tiempo suficiente para entender instintivamente la situación, el peligro, el enemigo, la víctima en la que su ojo de águila tiene que concentrarse.

—¿Tienes hermanas tú? —le pregunta a Elodie, que se acerca al verla vacilar, sostenida apenas por sus brazos a la baranda de la escalera.

—Diez, señora.

—¿Diez hermanas?

—Diez hermanas y cinco hermanos. Somos quince en total. Éramos diecisiete pero se murieron dos.

—Diecisiete, qué falta de sobriedad por Dios. Todo tienen que hacerlo demasiado ustedes. ¿Qué les cuesta tener tres hermanos como todo el mundo? Yo tengo una nomás. Ahí está. —Y se la muestra sonriendo en el reflejo del vidrio.

—¿Se parece a usted? —pregunta la Elodie, que no se atreve a contradecir a la enferma, que habla con su propia sombra al fondo del pasillo, donde empieza el otro pabellón desierto.

—No, yo me parezco a ella más bien. Es linda, ¿no es cierto? —Tan sutil en ese vestido que recorrías como quien recorre un jardín a medianoche, fosforescente, efervescente, tú, que necesitabas estar siempre parada, Lucía, moviéndote de un lugar a otro en los salones que apenas distinguías entre sí.

«¿Son hermanas ustedes?», les preguntaban los recién llegados. No, somos mucho más que eso. Somos el enemigo, una sola verdad, una sola mujer en dos cuerpos. ¿Cuál es la buena? ¿Cuál es la fácil? ¿La rubia que te sonríe sin distinguir quién eres, la morena que te hace tragarte sin sal tus propias sonrisas? Querer comprender a una y no a la otra era no comprender nada, tener a una sola era no tener nada, tener a las dos era tener demasiado. Algunos trataron, algunos casi lo lograron, todos retrocedieron al final espantados ante el campo minado que no podían atravesar sin perder al menos una pierna o un brazo.

Qué buena actriz, qué modelo genial habría sido su hermana Lucía al servicio de alguien que supiera ponerla en sus marcas, acomodar la luz, acercar la utilería, darle el vamos en el momento preciso. Linda, tan linda, la pobre Lucía. ¿Inteligente? Nunca se supo. Nadie le preguntó nada nunca, todos estaban dispuestos a creer cualquier cosa que dijera, peleándose por tener aunque fuera un trapo de ella en las manos. Desesperados los pretendientes por acumular alguna prueba de su existencia, por tenerla de alguna forma, por lograr que algo quede. ¿Sus hijos? ¿Sus maridos? Nada de eso bastó, nada de eso sirve, solo el reflejo en el vidrio de esa puerta clausurada en Haití, solo ese fantasma que le sonríe, que saluda a Carmen Prado, que le recuerda cuando más lo necesita que no está sola en el mundo.

Era perfectamente piti la Lucía, por eso le sonreía a todo el mundo, por eso bajaba la escalera de Hollywood con tanto cuidado, un cuidado que parecía sensualidad, traición, cuerda floja, trapecio, salto sobre todos los arpegios, agudos y sobreagudos en la cima de la orquesta. Lucía parecía traspasar con la mirada a todos los que se atrevían a devolvérsela, todo porque no veía bien, porque avanzaba de memoria, porque bailaba también de memoria, pésimo, sin saber con quién ni por qué bailaba, girando en una media oscuridad, hasta que la recogían brazos a los que no les preguntaba el nombre, a los que sonreía con la misma dulzura imparcial. Así se casaba y se separaba su hermana, también de memoria, mal pero sin que nadie se atreviera a negarse. Cumpliendo con su papel siempre, bajando del segundo piso para alegrar, espantar, volver locos o cuerdos a los señores de corbata, de esmoquin a veces, de guayaberas también, las autoridades, las fuerzas vivas de la nación, escritores, escultores, los chilenos de paso, los locales encantados, que acudían al salón del abuelo solo para verla. Tan lejos Lucía, por eso mismo, por no ponerse anteojos, por no resignarse al hecho de que tenía que ver a la gente con quien conversaba, feliz en esa nebulosa, sonriéndole igual, escuchándola igual, pasando de largo igual, sin hacer distingos entre feos, lindos, gordos, flacos, todos iguales para Lucía, encantadores y sin importancia.

Cochina, asquerosa, la Lucía, hedionda después de semanas dando vueltas sin asomarse a una ducha. Pobres los pretendientes que pretendían no oler lo que fatalmente olían, pobres pretendientes a los que Carmen Prado recogía medio asfixiados, la hermana segunda que tuvo que ser la que sí daba besos, la que tuvo que llevarse consigo a un rincón oscuro del jardín el temblequeo indigno y la sonrisa de niños mojados de los pretendientes. Perfectamente calma su hermana mientras Carmen Prado decidía por ella, «este es muy rubio, tiene gusto a leche, ese te quiere demasiado, yo te lo ablando, no te preocupes, de ese me encargo yo». Lucía, perfectamente obediente, deteniéndose justo en el límite donde Carmen le ordenaba, pasando en el momento adecuado ante la mira de los enemigos.

Obligada a levantar las caderas, mover la cintura, torcer las cejas y los labios en señal de desprecio para que los invitados del salón soltaran por un minuto al menos a su hermana, sonriendo en medio de la asfixia. Obligada a traspasar el hielo por ella, a bajar las escaleras con ese puño cerrado en el vientre, todo para impresionar a Lucía. Obligada a ser real, cínica, sexual, para compensar los daños que su hermana ocasionaba en las venas de los admiradores, para evitar las cuentas de hospitales y hospicios de todo el mundo que los pretendientes heridos mandaban a los abuelos para que ellos les pagaran su recuperación.

Te veo y no te toco en el reflejo que soy yo. No soy nada, la carne que arrancaron de ti, mi vida sin tu voz que en el fondo es un puro fantasma que solo tú entiendes, que solo tú sabes que no hay que esforzarse en entender. Vieras, Lucy, vieras lo que es Haití. El aire acondicionado a todo dar, nunca he pasado más frío que en este país de mierda, me pasé seis meses agripada por culpa de la mierda del aire acondicionado. La pobreza, la miseria, por supuesto, pero también el lujo. Los mejores restaurantes franceses que son belgas, el lujo sin par del hotel Montana. La plata, las esmeraldas, el lujo como nunca has visto en tu vida.

Le explica y le vuelve a explicar a Lucía porque sabe que solo ella no la habría regañado por operarse en ese fin del mundo que es nuestra casa, Lucía, la luz que perdona todo, las faldas de encajes de los niños, los guantes blancos de los sirvientes, los recuerdos, porque vivíamos en el fondo de la residencia tú y yo, Lucía, en las cocinas, en el dormitorio de las empleadas, en sus brazos y en sus pechos sudados, aprendiendo su dialecto antes que el nuestro. Haití es nuestro país, el de las costureras, las planchadoras, el sudor del almacenero que descargaba a escondidas cebollas, zanahorias, las gallinas que la Mara estranguló delante de nosotros, su cabeza que giraba en torno a su cuello roto, el cerdo entero hirviendo en la olla gigante. No somos extranjeros aquí, los de acá son negros nomás, son pobres pero se mueven con la tranquilidad misma del lujo, Lucía, que era la única de sus parientes que habría esperado de Carmen un reporte completo, un cuento con que aumentar la leyenda de la hermana viajera, la hermana loca, la que vive por las dos, cuando eras tú la que vivía, cuando era yo la que mentía.

¿Por qué te quedaste en Chile tú, Lucía? Ese peso, esa dureza, ese frío en la noche, ese odio que muerde tan dulcemente. «Estás llena de vida», le dijo a Carmen una vez Felipe Garriga, uno de los pretendientes de su hermana. Llena de vida, no como tú, Lucía, mosquita en el mosquitero, flor rara que secan entre las hojas pesadas de una Biblia cualquiera, algo que todos creen conocer y no conocen ni comprenden para nada. No estabas hecha para eso tú, no tenías el espesor ni la gravedad para aguantar el invierno en Santiago. ¿Qué tenías que hacer con esos huevones de mierda con los que te casaste? Cristián, Luis Emilio, el huevón de Gerardo Mena con sus chistes, siempre cochinos, y sus amigos sórdidos, y los cuernos que les hacía ver que te ponía; las semanas y los meses solos en un departamento en el último piso de una torre llena de ventanas, sabiendo perfectamente que Lucía tenía vértigo. Para que no se escape Lucía, para que sepa lo que duele no poder escapar.

Habría sido tan fácil castigarlo de vuelta al huevón cerdo, ponerle los cuernos como condenada tú también, huir de esa torre de metal con el primero que te lo ofreciera, Lucía. Pero eras buena, terriblemente buena. Incapaces los hombres de entender eso, que su hermana no fingía, que no entendía la ironía, que no era consciente de las maldades que sin saber cometía. Limpia Lucía, que nunca necesitó odiar, envidiar, pero vivió rodeada de huevones que trataban de enseñarle eso, el odio, el resentimiento, el asco. Un asco todos esos huevones que te persiguen por el puro deporte de perseguir algo que no pueden tocar.

¿Estás muerta, Lucía? ¿De verdad te moriste? Es tan poco real la muerte, no se puede tocar, ver, oler, es algo que no existe. ¿Existen las cosas que no existen, Lucía? No estás como otras mil veces en que no estuviste, en que me esperabas en alguna parte del mundo. Tu muerte no cambia nada, no cambia nada porque no estás, no estás, no estás, tengo que repetirme cien veces para convencerme de que no eres tú en ese reflejo que me sonríe en el vidrio de la mampara.

«Se nos fue la Lucy finalmente —le informó Gerardo Mena con ese tono mentolado de los médicos, que lo libraba de decir nada que fuese medianamente personal—. No aguantó. Luchó harto pero al final se descompensó. Se nos fue en paz, se alcanzó a despedir de todos y después se nos fue yendo despacito, de a poco. No te preocupes, no es necesario que vengas, Carmen. Está todo bien, va a ser un entierro chico, tú puedes despedirla cuando vengas a Chile después. Te adoraba la Lucy, hablaba siempre maravillas de ti.»

Esas disculpas que son en el fondo un llamado inapelable. Hizo un viaje apresurado después de decirle que sí, por puro cansancio, por puro espanto, a todo lo que le pidió el niño danés, matrimonio incluso; para tener adónde volver, adónde irse de nuevo, adónde arrancar de Chile, donde se muere la gente, donde se matan todos, donde te siguen matando día a día estés o no estés para verlo.

Agotada después del vuelo lleno de escalas desde Copenhague —escogió el más barato posible esperando perderse en Amsterdam, en Curazao, en Lima, en cualquier parte con tal de no llegar—, apareció en Santiago más preocupada de las maletas que le perdieron esos imbéciles de KLM que de responder al pésame de los parientes y amigos. Sí, ya sé que está muerta, no te preocupes, estaba siempre enferma, se iba a morir de todas maneras algún día, dijo apurada a todos los que se atrevieron a darle el pésame. No se preocupen por mí. No se metan, yo sé lo que hago. No tengo pena, no tengo rabia, me he pasado la vida enterrando gente. Soy de los Prado que se queman como una ampolleta después de torcerse y retorcerse de todas las formas posibles el filamento de la luz. Mi familia, mi tribu, mi estirpe es esa gente que miente tan bien que llega a decir la verdad.

Impaciente por tomar el primer avión y volver a Copenhague, donde ninguna de estas cosas duelen o importan, impaciente después de haberle dicho que sí al niño danés que le pidió matrimonio justo antes de volar a Chile, justamente porque era una estupidez hacerlo, empezar de nuevo a su edad, casarse ahora, justo ahora que era su deber jubilar de la vida, aguantó todos los «¿verdad que te vas a casar?» de la Isabel, la María Ester, Julio Cabello, la Sonia Villanueva, Enrique Necochea, todos los que le preguntaban sonriendo nerviosos. Verdad, confirmaba ella, sin agregar una sola palabra a la noticia.

«¿Un príncipe danés, cierto? Pucha qué…, qué raro, ¿no?», y el comentarista se queda sin más comentario, mientras Carmen confirma todo: noble, diplomático, papá danés, mamá sueca, no habla una palabra de castellano, treinta y dos años más joven que ella. «Míralo, míralo, es divertido cómo te mira ese niño», le había dicho su sobrina Constanza en una de esas fiestas que organizó para celebrar la visita de su tía a Copenhague. Y esos anteojos tan cómicos de Niels Frederick Adams, y cómo insistía en presentarse con todos sus nombres el niño, todo abochornado de timidez y coquetería, esa pinta de niño genio que le cae tan mal al principio, que termina por caerle bien al final, por cansancio. ¿Qué pierdes? ¿Qué te importa? Es un juego, estás tan lejos, tan inalcanzablemente lejos de cualquier castigo. Carmen Prado se limitó por primera vez a no negarse a nada, a hacer la que no entiende cuando le hablan en inglés los padres de su novio que tienen más o menos la misma edad que ella y están desesperados porque su hijo al fin se enriele, aunque sea con esa especie de bruja patagónica que hace y dice todo al revés.

«Llevo un año preparando mi matrimonio, mamá, y tú encuentras la manera de casarte antes que yo», le lanza en la cara su hija Carmen Luz, pálida de furia. «No piensas en mí, no piensas en nosotros, no piensas en la vergüenza de todo eso, no piensas en nadie más que en ti misma.»

¿En qué más quieres que piense, linda? La Lucy se muere, el papá se muere. Se están muriendo todos, casarse es quedar viva, es apartarse del juramento de morir antes de tiempo. Somos una especie en vías de extinción, mijita, nuestro deber es sobrevivir como sea, contra quien sea. Ser más o menos puta para esta gente hace años que no me importa, tú no sabes, tú eres joven, tú tienes el derecho de querer ser más o menos normal, pero no somos normales, no podemos ser normales, algo en nosotros se gasta en ser discretos, en ser perfectos, en no estar donde nos esperan, en vivir como tu tía envuelta en su túnica satinada, su cabeza detrás del vidrio del ataúd. Reducida a tu mínima expresión, secada hasta que nada húmedo quede de ella. Como princesa inca, momia congelada en la cima del volcán, una recién nacida de cincuenta y siete años que tus exmaridos muestran como si se tratara de su único logro. Gusano perfectamente envuelto en su crisálida, entre una metamorfosis y otra que no llega, a medio camino, a medio hacer, ya fenecida, como el sueño de un tipo que no hace otra cosa que despertar.

«Mira lo linda que está. Mira lo preciosa que está la Lucía», la muestra Gerardo Mena a cualquiera que va pasando por ahí. El vudú haitiano no es nada, el vudú chileno sí que es terrible. Y Armando, su hijo, el sobrino de Carmen, en la primera fila del entierro. Es una versión mejorada de mi papá, con la gracia y la desgracia de sonreír cuando hay que hacerlo, la cara como dibujada en cera, esa maldición de la que escapé gracias a mi cuerpo de empleada doméstica, gorda, rotunda, los pies plantados en el suelo que nadie puede quitarme. Yo me vi obligada a ser real mientras mis hermanos, mis padres, mis sobrinos también ahora, podían jugar en la frontera misma del cristal a no serlo. Mis hijos también están libres de ese karma, se alegra Carmen Prado: Ricardo porque es calvo, la Rita porque es gorda, y tú, Carmen Luz, porque eres una neurótica de mierda que nunca va a ser feliz, por suerte, porque no hay trampa peor para nosotros, mijita, que ser feliz. Mírame a mí, si hubiera sido feliz más de quince minutos en la vida estaría muerta en ese quirófano, me habría ido con el diablo mismo de la mano directo al paraíso. No tengo paraíso que recordar, no tengo esa luz maricona al fondo del túnel hacia la cual caminar. Son como yo ustedes, nadie los abandonó pero son huérfanos, de niños vivieron en cien casas que no eran su casa, solo los protegí de ser terribles, de ser chilenos. Pie plano, tetas caídas, mandíbulas apretadas de noche.

Y siente esa satisfacción al menos, la de haber roto la maldición de su padre, la de la belleza que convence pero nunca vence. Es una estafa la belleza, Lucía. Es un engaño la belleza, algo que todos piden, que todos quieren, que luego aplastan, que luego extinguen cuando quiere quedarse, cuando quiere ser su vecina, su esposa, su amigo. La belleza que como el fuego se prende y se apaga, que como el fuego sofocan los mismos que la encendieron. ¿Qué culpa tenías tú de ser linda? Culpable de no dejar de serlo a tiempo, Lucía Prado, tú que no odiabas a nadie, que no mordías tampoco, que vivías para no defraudar a nadie, cuando es lo único que te salva al final, el inmenso fraude de prometer todo lo que no puedes cumplir. Ahí están tus hijos parados juntos tus exmaridos en su traje de gala, recibiendo a las visitas de tu velorio, convertidos en tu guardia de honor. Viva, viva, ¿por qué yo? ¿Por qué me toca a mí verlos morir a todos? La gran familia chilena reunida en la iglesia que está de bote en bote, llena de abrigos, de bastones en algunos casos, de gomina, de perfume, el alivio sagrado de haber conseguido por fin un lindo cadáver que regalar a las diosas de la muerte. Ese es nuestro papel en la tribu, ser bellos e intocables para calmar a los dioses, morir para que los otros no mueran y crezcan las cosechas. Ah, el mareo infinito que logró con toda entereza retener entonces, que vuelve ahora.

—La mataron a mi hermana —le explica a la Elodie, reducida a un par de ojos abiertos en la penumbra, que la sostiene erguida en el reflejo de la puerta.

—¿Quién la mató, madame?

—Chile.

—Ya le está subiendo la fiebre, madame. Vamos a la cama mejor —insiste Elodie, preocupada por la sonrisa beatífica con que se quedó estancada la enferma en la cima de la escalera.

—No, estás loca, tenemos que ir. No hay que dejar esperando a la gente. Eso no se hace. Somos gente decente. Estoy lista, bajemos. ¿Dónde están? ¿Adónde se fueron los *chiméres*? —le pregunta a Elodie, sorprendida de no encontrar aún barrera que detenga sus pasos.

—Ahí. ¿No los ve? La están esperando.

Y le muestra en la penumbra los ojos y la piel compacta de los *chiméres* convertidos en un solo telón de pupilas que esperan. Su público, le alivia pensar, los espectadores a los que tiene que impresionar. Levanta coquetamente su bata de enfermera unos centímetros más arriba de las pantorrillas, lo suficiente para que parezca que flota de escalón en escalón. Carmen, que no reconoce nada, que no sabe si son hombres del todo los que la esperan abajo, pero que resuelve ser ella a pesar del suero y la palidez, una mujer.

—Cuidado, señora, cuidado con los tubos —interrumpe Elodie el paso imperial de Carmen Prado.

Un negro se pone de pie, otro lo sigue, la masa de pronto deja de ser tan compacta y anónima, deja de ser el mar sobre el que es tan simple caminar como Jesucristo.

Maricona de mierda, busca a ciegas a Elodie, vuelve a necesitar la baranda para respirar todo el miedo que acelera su pulso y sus pulmones. No puede resignarse, sin embargo, no puede rendirse. El miedo es tan fuerte en Carmen Prado que logra anularse a sí mismo y convertirse en una especie de valentía ciega, la sensación rara de que su temblor justamente la vuelve intocable, que las palpitaciones de su corazón sobrevivirían incluso a un paro cardiaco. Eso soy yo, un conejo aterrado que atraviesa sin pensar las llamas, eso es lo que me salva, esa frontera delgada entre el terror y las ganas de flotar, de pasar por entre los muros, la seguridad de que al final me voy a salvar, de que el miedo tan grande no puede terminar más que por salvarme, porque se mueren solo los que dejan de temblar, porque eso es la muerte, el minuto exacto en que hasta el miedo te abandona.

—Tú dime dónde están estos gallos —suspira con coquetería mientras aprieta los párpados para intentar a ciegas bajar otro escalón.

El pie descalzo avanza seguro, tranquilo. Sonríe victoriosa. Alza el final de su falda antes de bajar otro escalón y adelanta el pie, para encontrarse con algo viscoso y mojado en vez de la madera, algo que automáticamente la espanta.

—¡Qué asco! —exclama asustada. Abre los ojos y ve su pie hundirse en el pecho de un negro desnudo que le sonríe con sus dientes terriblemente blancos. Un niño que no la odia, que casi le agradece su pie sobre el pecho sudoroso—. Perdón, no quise decir eso. ¡Perdón, perdona! —se disculpa como puede antes de retroceder hacia los brazos de Elodie—. Sálvame, dile algo, por favor sácame de aquí…

—Ya está bien —la calma Elodie después de lanzar hacia los *chiméres* una maldición en un idioma de ladridos que los hace retroceder automáticamente dos escalones—. Podemos volver, señora. Ya la vieron. Ya saben que usted está aquí, no necesita más.

—No entiendes, estoy temblando, Elodie, estoy temblando entera.

—Tiene fiebre, debería estar en cama, no tiene que estar aquí. Venga conmigo, venga arriba.

—No pueden ver que tengo miedo. Tengo que ser más fuerte que ellos, si no nos van a comer vivas estos salvajes.

—No nos van a comer. En Haití no comemos a la gente, madame.

—No te hagas la tonta, tú sabes perfectamente lo que quiero decir. Hay que hacer algo, Elodie —alega Carmen Prado, pero se deja conducir de vuelta y ya llegan las dos abrazadas a la cima de la escalera—. Hay que calmar a estos gallos de alguna manera, algo hay que hacer… Deja que me violen a mí, si es un trámite, me da lo mismo. Deja que se entretengan en algo estos gallos.

Y bajar hacia la furia, y hundirse en la penumbra del primer piso, y perderse en un mar de manos negras que quieren un pedazo de su piel, y disolverse como la espuma en la arena de las Rocas de Santo Domingo, y perderse en medio de esa oscuridad llena de gente, no ser ella para siempre, ser algo sin nombre, sin número, algo que se reparte y disuelve hasta que no queda nada. Eso quiere en el fondo Carmen Prado, eso busca, no tener nada que defender ni preservar, ser apenas la sal de algo, el pan húmedo con que todos comulgan. Eso es lo único que siempre entendió de Jesús, las ganas de ser devorado por sus discípulos. No quiere ser menos que Jesús, quiere entregarse ella viva y despierta, sin trucos de magia ni metáforas ni ninguna mariconada por el estilo.

—Son cinco minutos, Elodie. Les doy lo que quieren y nos dejan salir a la calle felices. No me cuesta nada, ya no tengo cuerpo, soy una vieja, no sé ni dónde tengo el hoyo, no me acuerdo qué se hace con eso, me harían un favor, en serio, sería lo mejor que me puede pasar a esta altura… —insiste sin hacer el menor esfuerzo por separarse de la baranda de la escalera, que la protege de siquiera mirar a los *chiméres* que las rodean, siente ahora, por todas partes.

—No quieren nada con nosotras, madame.

—Bah, tú no les gustarás. Yo soy blanca, yo tengo mucho que ofrecer a esta gente.

—No les gustan las blancas, señora.

—Qué racistas los huevones.

—No hay blancas donde ellos viven, no conocen a los blancos. Les dan miedo, piensan que es una enfermedad tener la piel como usted la tiene.

—No seas tonta. Ven películas, ven la televisión estos *chiméres,* no sé, revistas aunque sea. Violarse a una blanca es una medalla para ellos, te lo aseguro, es lo único que quieren. Se lo van a contar a sus nietos, ya vas a ver.

—Si quisieran hacer eso ya lo habrían hecho hace tiempo, madame.

—¿A ti te violaron alguna vez?

—Esas preguntas no se hacen en Haití.

—Haití, Haití, ya empezaste con la lata de Haití de nuevo. Todos me dicen lo que tengo que hacer, lo que tengo que decir en este país de mierda.

—No siga con el teatro, señora. La vieron, vamos, ya está bien. Vamos a la cama.

Y Elodie con los mismos ladridos de antes recluta a dos *chiméres* de las sombras para que la separen de la baranda de la escalera, la levanten de las axilas como en las películas de Ester Williams y la obliguen a flotar sobre los escalones que sus pies ya no tocan.

—¿Por qué nadie quiere violarme? Dime, Elodie, dime. ¿Tan asquerosa soy? ¿Tan fea? Dime. No me mientas. Dime la verdad, Elodie, dime la verdad, ¿soy violable todavía? ¿Soy una vieja de mierda sin hoyo alguno?

El Bohío al atardecer, entre Caracas y la nada, hace mil años, cuando tenía todavía un cuerpo que defender de los intrusos. El lugar más miserable del planeta. Venezuela y todos sus mosquitos, ¿cómo me deja ahí Naím? En medio de ninguna parte con tres niños a cuestas. Tiendas sin nombre en una estación de servicio blanca que quiere parecerse a esas de las películas gringas de los años cincuenta, pero con calor, y esos quioscos donde venden queso de mano, baratijas de baratijas, chocolates con mujeres en bikini en el envase, letras de fuego, versiones locales de la Coca-Cola, revistas con gente con muchos dientes, papeles satinados, peluches, disfraces, botellitas grasosas en las que flotan hasta dedos humanos. Los ojos amarillos de unos camioneros llenando el tanque de sus camiones aljibe, la sonrisa seria con que se quedan ahí, su piel torturada de viruela y cicatrices de cuchillos.

Me van a matar, me van a violar estos gallos, este huevón del Naím tiene la culpa, ¿cómo me deja aquí? Ese alivio tan tonto, tener un marido al que echarle la culpa de una desgracia que ella y solo ella puede sufrir hasta el fondo de su vientre. Hasta que de pronto Carmen levanta a su hijo Ricardo del asiento trasero y se lo muestra a los tiburones como si se tratara de un talismán: «No me toquen, tengo un hijo, puedo hacerles uno igual si me violan». Una advertencia que milagrosamente funciona. Los caimanes encuentran de pronto otra cosa en qué divertirse, niñas en las revistas, chistes de colombianos, mosquitos que cazar, sus camiones llenos a los que lentamente regresan, tan lento que es todo con ese calor, y se van, dejando libre esa inmensidad de asfalto que rodea todo en Venezuela.

—¡Viólenme, cabros, viólenme! —pasa de admitir a pedir, a exigir incluso. Porque esa es justamente su fuerza, pueden saquearla, pueden perder su rabia entera entre sus piernas sin llevarse nada en el fondo. Puede ella conquistar su ritmo, absorber su abandono, nutrirlo de su violencia, olas y más olas al fondo de su vientre que todo lo absorbe, lo conoce, lo explota. Pueden abrirla en dos sin impedir que vuelva a rearmarse, a cerrarse como una anémona después de que ha devorado a su presa. Y los carteles a lo lejos, los arbustos, la noche interrumpida por moteles en forma de mezquitas y refinerías y más refinerías de petróleo a lo lejos, fábricas, gasolineras, rejas, maleza y más maleza sin guardianes, todo puede pasar y nada ocurre. La intensidad de ese terror permanente que ha regido su vida desde que dejó de ser niña, e incluso antes, cuando era una niña, cuidado con los extraños, guardaespaldas, porteros y más porteros, y después su cuerpo que los paseantes siguen con la mirada, las lecciones que no es necesario decir porque hay que saberlas de entrada, esa calle no, esa sí, la otra vereda, la primera tienda donde se refugia a respirar todo el aire que puede cuando los ojos demasiado fijos de ese transeúnte la hicieron correr. La virginidad que nunca se pierde, porque después de un himen viene otro y otro más, no ser violada, infestada, preñada por un extraño, caminar entre esos infinitos penes erguidos, aplastados, mojados, sucios, anhelantes que la esperan por todas las calles del mundo. El precioso relajo de estar embarazada y no tener que evitar que la preñara alguien más. Los vecinos que la miraban por las ventanas amamantar a Ricardo, las puertas que no se cierran nunca del todo en la playa, el traje de baño que siempre hay que acomodar discretamente con los dedos para cubrir el vello que se arranca bajo los bordes. Una luz y otra para cubrir ese espanto que le parece de pronto tan lejano ahora que la operaron, ahora que le quitaron de su cuerpo su cuerpo mismo. La capa de grasa entre la piel y el estómago donde se acumulaban los escrúpulos, el alma inmortal que separaron de ella en esa bolsa quirúrgica que cuelga de la barra de metal. Capas y capas de arrepentimientos amarillentos goteando aceite, inviernos y abrazos tontos que ya no la protegían de nada, que le sacaron de un tirón dejando en reemplazo un cierre *éclair* que la abre en dos cuando quiere.

Cualquier huevón, mientras más feo, mientras más grasoso, mejor, para que su cuerpo ya no sea un problema, un amigo, un enemigo. Eso quiere, eso quiere ahora, toda la sordidez del gesto, y el placer de no tener que cuidar y preservar la flor entre sus piernas, el diamante, el sagrario, su pureza, esa alma inmortal que obsesionaba a las monjas en el colegio: haga lo que haga, una termina de puta igual. Es el destino de todas las mujeres, venderse, prestarse, regalarse, que es después de todo la posibilidad más digna. Tomar harto whisky y olvidarse de todo por un rato, irse con los más viejos, con los más gordos de los clientes a un rincón oscuro del salón. Entregar eso que tampoco es suyo, el cuerpo que creció a espaldas suyas, que los ojos de ellos formaron y deformaron hasta convertirlo en un exceso de casi todo.

¿Quieren ver algo bueno, cabros? ¿Quieren que me empelote, chiquillos? Aplausos borrachos en alguna taberna de Macao, de Shangai, de Marsella. Los Siete Espejos en Valparaíso, ¿tenía siete espejos? ¿Cómo era? ¿A quién se le ocurrió ese nombre tan horriblemente poético para un bar? Me da lo mismo, no me importa. Liberada de su peso, de su nombre, de sus fuerzas, llevada en andas por los mocetones estos, pasa de largo la cima de la escalera de Hollywood, la mampara, la sala, el cielo raso verde hacia el que la levantan como a una heroína de cabaret, su cama a lo lejos, hacia la que flota ingrávida, sin piernas, sin miedo, la ventana entreabierta, las sillas huérfanas, todos los aparatos clínicos apagados que le parecen ahora elementos perdidos de alguna escenografía de comedia musical.

Carmen Prado se entrega como el pecho abierto de un mascarón de proa, la sonrisa feliz bajo los proyectores que los espectadores agradecen. Cisne malvado, novicia rebelde, Campanita de Peter Pan, reina del ballet acuático, su escenario, su teatro Colón en Buenos Aires, el San Martín, Elizabeth Taylor de Cleopatra con el churro de Richard Burton al lado, Jane Russell y sus sostenes como cohetes espaciales, María Félix en el Moulin Rouge, el Bim Bam Bum, las lentejuelas, esas plumas de colores pegadas al culo, ristras de perlas, la Pitica Ubilla, la Peggy Cordero, las fotos a escondidas en el escritorio de mi tío Ernesto.

—¿Pero qué hace, señora? —se sorprende Elodie al verla doblar una pierna para luego estirarla en puntillas hacia el cielorraso, graciosa como una estrella de mar, solemne, los ojos cerrados, entregada a su público por completo.

—¿Qué crees que estoy haciendo? Bailo, ¿qué más voy a estar haciendo?

Los brazos abiertos en cruz en manos de los mozalbetes, la cabeza hacia atrás para dar la impresión de vuelo. La orquesta en pleno, los neones en la escalera, la explosión de plumas sobre su trono real, allá en el fondo.

—Muy bien, muchachos, muy profesionales, nunca me había tocado un equipo tan entregado, ah, ahí no, eso no, ¡ya pues!, no sean malos, no me hagan eso... —se rebela cuando a las órdenes de Elodie los dos negros gigantes la posan sobre las sábanas sucias. Los tubos, las manchas duras de humedad ya seca, su olor, su lugar, su encierro.

—¡Quiero bailar, no quiero dormir! —se queja.

—Ya bailó bastante, madame, ahora tiene que descansar. Está enferma, no se olvide, le quitaron toda esa piel, tiene que dormir ahora.

—Ya dormí suficiente, Elodie. Tengo que irme, tengo que salir de aquí. Ya pues, no seas maricona, que nos acompañen ellos, ellos nos pueden cuidar, son fuertes, son guapos... —Y los dos mocetones que la trajeron en andas hasta la cama la miran sin comprender una palabra de lo que dice.

—Yo no me puedo ir, señora, yo tengo que esperar al señor Niels. Él es mi patrón...

—¡Cobarde! Si no va a venir nunca ese maricón. Ya le serví, ya me usó, me puede botar a la basura cuando quiera. No podemos esperar nada de él, no podemos esperar nada de nadie, tenemos que salvarnos tú y yo solas. Di algo a tus amigos de ahí abajo, dales órdenes, te apuesto que nos llevan sobre los hombros como reinas.

—No es bueno asustar a la gente, madame. Aquí en Haití no hay que hacer eso —la sigue regañando Elodie—. Hay que esperar, hay que aprender a esperar aquí.

—¡Haití, Haití, hasta cuándo con la lata de Haití!

—Estamos en Haití, señora. No es culpa mía.

—No es culpa mía tampoco.

—Es culpa suya. Usted eligió estar acá. Usted sabía dónde se metía cuando vino para acá. Todo el mundo sabe que Haití es Haití. No es Canadá, no es Estados Unidos, es Haití, usted sabía eso cuando vino.

—Pucha que son distintos, ya, los más pobres del mundo, los más miserables del planeta Tierra, los más perdidos del sistema solar; tremendo logro, por favor, qué maravilla.

—Fuimos ricos, señora, el rey de Francia nos adoraba cuando éramos esclavos. Todos sus trajes los hacíamos aquí, toda el azúcar era nuestra, y el ron y la seda y las velas. Podríamos haber seguido así para siempre, pero preferimos ser libres a ser ricos. Eso es lo que le molesta a Estados Unidos, eso es lo que le molesta a Francia, eso es lo que molesta a Canadá también, que seamos libres.

—¿De qué sirve ser libres si comen galletas de tierra? Mira a tus *chiméres* cagados de susto en el primer piso. Se les acabó la fuerza, no tienen más que el pasado. ¿Qué les costaría matarnos o violarnos? No son capaces ni de eso. No se atreven a nada, necesitan un amo urgentemente. Eso es lo que están pidiendo con todas estas matanzas y estos golpes de Estado, ¡que vuelvan los amos a amarrarles los pies!

—Pero somos libres, señora. Los *chiméres* también son libres. Todos son libres en Haití.

—Por favor, mijita, pasan de aplaudir a Papa Doc a llorar por tu amigo Aristide, que cuando los gringos le ordenan irse se va en el primer helicóptero que le ponen. No pelean por nadie, no se sacrifican por nada en Haití, les da lo mismo todo. Allende se mató, por lo menos. Pinochet no puso a su hijo de Presidente, en cambio mira esa cosa gorda monstruosa que ustedes tenían de Presidente.

—¿Quién, Baby Doc?

—El nombrecito, Baby Doc. ¿Cómo se les ocurre tener a ese guatón regalón de presidente de algo? Eso no se lo permiten a nadie en el mundo, mijita, ese lujo se lo dan ustedes nomás.

—Fuimos los primeros, señora. Un negro puede ser libre, un negro puede ser Presidente, un negro puede ser rey si quiere ahora en cualquier parte del mundo, porque Haití lo dijo antes. Todos los otros lo dijeron después. Da lo mismo que nos pongan cadenas en los pies, da lo mismo que nos den a comer galletas de tierra cruda por eso, da lo mismo que nos encierren en la pieza más oscura de la casa, nosotros dijimos lo que teníamos que decir. Ya hicimos eso, señora.

—Está bien, fueron valientes una vez, una vez hicieron algo heroico, y con eso se pueden echar a dormir sobre los laureles doscientos años seguidos.

—¡Es mejor ser valiente una vez que no ser valiente nunca! —exclama la cocinera cruzando los brazos sobre el pecho, para que ninguna frase más la penetre. A ella, que cree la mitad de lo que dice, que se defiende por la pura urgencia de defenderse, ella que tantas veces les ha dicho a los otros en la cocina casi lo mismo que Carmen Prado afirma ahora.

—No, no es mejor. Ser valiente una vez te exige ser valiente siempre. Si no, no es valentía, es teatro. Eso es, puro teatro. Se disfrazaron de soldados, de generales, de presidentes, de emperadores, ganaron la guerra y no supieron dónde guardar los disfraces.

—No sé lo que usted dice. Yo soy cocinera, no soy profesora de historia, solo sé que no sirve de nada ser valiente en Haití, madame. No se gana nada con eso aquí.

—Sirve más ser cobarde, ¿no es cierto? Mendigar, esperar que les caiga el maná del cielo, vivir de la limosna de todas las ONG del planeta. ¿Eso es digno? ¿Eso es ser libre, esperar todo del mundo, sin hacer nada por nadie? Porque, ¿a quién ayudan ustedes?

—Usted quiere ganar, señora, usted quiere tener la razón. Eso no sirve de nada en Haití.

—Un poquito de orgullo, un poquito de dignidad en la vida, por Dios. ¿Qué te costaría a ti mandarme a la mierda cuando puteo a tu país, abandonarme en este pantano? ¿Qué sé yo de Haití, qué sé yo de la vida? Soy una mierda, mírame, vine a esconderme en este hoyo infecto para que no me encontrara nadie.

—Usted está enferma, señora, yo tengo que cuidarla. Eso me dijo el señor Niels. Yo se la tengo que entregar tal como salió de casa.

—¿Viste?, no quieres hablar de igual a igual conmigo. ¿Tú crees que no me doy cuenta de tu desprecio, de tu odio callado? ¡Mírame, pues!, mírame a la cara, no seas maricona, muerde si quieres morder, mátame si quieres matarme, pero no sigas usando a Haití para recordarme que eres mejor que yo.

—Yo no quiero matarla, señora…

Carmen Prado disfruta intensamente del modo con que los ojos de su guardiana la evitan, nerviosos.

—No discuten ustedes, sonríen o muerden pero no hablan de igual a igual con nadie, porque nadie está a su nivel. Es más fácil con el cuento de Napoleón, de Aristide, de África, toda esa porquería con que marean a la pobre gente que les cree el cuento que ustedes les inventan para hacerla sentir buena…

—Usted grita, usted decide, usted sabe cosas, pero eso no sirve aquí. No se saca nada con mandar en Haití. Duvalier, Aristide, el de antes de Aristide, el que vendrá después de Aristide, ¡todos los que tratan de mandar aquí terminan por irse, madame! —Y la cara de Elodie vuelve a ser lo suficientemente definitiva como para hacer retroceder unos segundos a Carmen Prado.

—No te enojes, mijita, no tengo nada contra Haití, yo soy de aquí también. Vivo acá, por lo menos, vivía aquí antes mismo de vivir aquí. En Turquía, en Brasil, en

Chile, en los Estados Unidos; me lo he pasado en las cocinas del mundo, en los basureros detrás de los palacios. Yo creo en Haití, mírame, mírame un poco, soy el hazmerreír del mundo entero por hacer esto aquí.

—A usted le gusta Haití pero no le gusta la gente de Haití.

—¿Qué estás tratando de decir? Yo soy cualquier huevada menos racista, mijita. Yo ya no distingo quién es blanco y quién es negro. ¿Tú crees que si fuera racista me ofrecería para que me violaran todos esos niños horribles que están allá abajo?

—¿Usted cree que arreglaría algo que la violaran los *chiméres*? —sonríe por fin Elodie.

—Los calmaría, yo creo. Podríamos conversar después como gente civilizada. Es una forma de comunicación el sexo, una forma de entenderse. No me mires así, sé de lo que te estoy hablando, no soy virgen por si acaso, no tengo seis años, yo ya viví, soy una mujer hecha y derecha.

—¿Hecha y derecha? —Y sonriendo yergue la espalda la cocinera como para entender la expresión.

—No te burles de todas las huevadas que digo.

—No me burlo, señora, trato de aprender. Yo siempre trato de aprender con usted… —confiesa la cocinera, con una seriedad que nunca sabrá Carmen Prado hasta qué punto es irónica.

—No te hagas la tonta. Tú sabes perfectamente de lo que estoy hablando. Hecha y derecha. —Y se levanta un poco de la cama para ejemplificar el dicho: derecha, o sea hecha—. Mujer chilena, casada, viuda, divorciada, vuelta a casar dos veces. Yo ya había enterrado a un marido y esos niños de allá abajo no habían nacido todavía.

—No tiene que explicarme. —Elodie vuelve a ordenar los cobertores sobre el pecho de la enferma—. La conozco, señora, no se preocupe, yo la conozco más que nadie.

—¿Qué sabes de mí, a ver? ¿En qué colegio estuve? ¿En cuántos países viví? ¿Cuántos novios tuve antes de casarme? Antes de Haití no sabes nada de mí. Me conociste hace cinco minutos y medio.

—La conozco más que nadie, madame.

—¿A cuántos maridos maté? ¿Conociste al idiota de mi papá, a la tonta de mi hermana, a los débiles de mis hermanos? ¿Mis primos, cómo se llaman? ¿Mi mamá en la cocina de Turquía? ¿Cuántos Presidentes alojaron en mi casa? Ya pues. ¿Dónde queda Chile? ¿Cómo se llama la capital de Chile? ¿Sabes algo de todo eso?

—Yo la vi morir, madame. Eso nadie más lo ha visto.

—¿Cómo morir? No seas mentirosa, estoy viva, mírame, estoy perfectamente viva.

—Aquí mismo la tuve muerta delante de mí —dice la cocinera, muy seria, y estira con la mano el supuesto cadáver como si se tratara de una sábana—. La máquina esa que hace bííííí. Cinco segundos, diez, la línea derecha en la pantalla allá arriba.

Y Carmen sigue instintivamente el índice y el pulgar de Elodie estirando la línea del temblor como un director de orquesta invisible.

—No tenía aire en los pulmones, madame. Le tuvieron que poner una máscara para que respirara. No sabía qué hacer la doctora. Quería arrancarse, pero con Lucien no la dejamos.

—¿Quién es Lucien?

—El niño del fusil, ¿no se acuerda? Él le puso el fusil en la nuca a la doctora y le dijo: «Si se muere la señora, se muere usted también».

—Mentirosa. ¿Cómo le van a decir eso a la Pantera? ¿Cómo la van a tener operando con un fusil en la cabeza? —se rebela por última vez Carmen Prado, que ve sin embargo la escena como el recuerdo de un mal sueño: la luz cenital, el ruido del helicóptero, el pelo esponjoso de la Pantera y una expresión de rigidez que ahora entiende como la de alguien que tiene un cañón pegado al cráneo, sus manos conectando más y más sondas mientras Annelisse no sabe si reír o llorar ante esa escena inaudita.

—Pregúntele a Lucien, o pregúntele a la doctora si la vuelve a ver alguna vez. Ella le puso todas las inyecciones que encontró. Lo único que quería era irse de aquí corriendo. A Aristide ya lo habían echado, si no la matábamos nosotros la mataban los rebeldes del norte.

—Qué mentirosa eres, qué mentirosa más grande, ¿cómo la iban a amenazar ustedes? —se complace en negar eso que sin embargo quiere creer, porque es divertido imaginarse a la Pantera sudar encañonada—. ¿Cuánto tiempo estuve muerta, según tú?

—Mucho tiempo.

—¿Cuánto?

—No sé. ¿Diez minutos? —adivina la cocinera.

—Nadie resiste diez minutos sin respirar.

—No conté, madame. Le devolvieron los colores y recién ahí bajamos el fusil y dejamos que se fuera la doctora.

—¿Y cómo les tuvo miedo a ustedes, si son lo más inofensivos que hay?

—El fusil, señora, el fusil puede todo. Estaba pálida la pobre madame Colette, nos dijo que ese remedio hay que darlo cada cuatro horas, ese otro cada ocho horas, las bolsas esas con su comida, descanso, mucho descanso, dijo, y se fue corriendo al jeep que la estaba esperando para irse a la frontera.

Y la sonrisa victoriosa de Elodie, su pecho erguido, sus ojos brillantes. Y el recuerdo de las manos de Annelisse, la enfermera que no hizo nada por disimular cuánto la odiaba en cada golpe de bisturí, cada punto descosido, cada abertura en su carne blanca, tan blanca como la de un cerdo deshuesado, abierta al zumbido de los helicópteros, el eco de los petardos, la risa de las máscaras entre las que llegan las metralletas, los muertos de verdad junto con los de mentira en la misma noche sin luz ni agua.

¿Y si de verdad estuve muerta como dice esta negra intrusa?, se queda pensando Carmen Prado. ¿Qué vi? ¿Qué pasó? Nada de túnel, nada de luces que se alejan. Quizás eso era verdad antes, quizás Dios se cansó de esa chulería del túnel y decidió innovar. Quizás está en reparación el túnel, y también el Paraíso, y el Purgatorio, la mariconada del limbo y los santos inocentes. Quizás la muerte no es más que esas ganas increíbles de dormir como quien se hunde en el fondo de un lago. Quizás morir es simple, quizás vivir es lo complicado, como un sueño dentro de un sueño que sabes que estás soñando doblemente. ¿Eso es morir? ¿Eso es estar muerta?

Rodeada de muertos, se da cuenta de que no ha pensado nunca en su muerte realmente. Demasiado viva para eso, nunca jugó como el resto a ser transparente, irse, no estar, volver en silencio para desaparecer mejor en el umbral de cualquier puerta. Lucía, su papá, las empleadas rodeadas por el fuego en la cima del cerro Calán, miles de etíopes, ruandeses, vietnamitas, bengalíes, filipinos, haitianos también, que mueren en las noticias ahora mismo mientras ella sigue viva,

viva,

viva.

No me morí cuando debía morir.

No me morí, ya no me morí. Estoy viva, asquerosamente viva, diez años recién cumplidos, ocho, siete, seis, cinco, ese universo reducido al hueco de la cama del que nadie puede ya sacarla, despierta incluso cuando duerme, vigilando cualquier frontera donde la pongan a vigilar.

—¿Cómo me veía muerta? ¿Qué cara puse? —acepta Carmen Prado el juego que le propone la cocinera.

Morir cuando ella quiere que muera, salvada por Elodie, renacida gracias a sus manos grasosas, buscándola debajo de las olas y las algas negras para sacarla a

respirar como un feto separado de las piernas sangui-
nolentas de la enemiga.

—Bien, madame, todos los muertos se ven bien. A
no ser que a uno lo atropelle un camión. Ahí no. Con la
soga en el cuello tampoco, a unos primos míos les pasó.
Los colgaron en Les Cailles. Los pillaron robando un
pan y los colgaron ahí mismo. No es bonito de ver, señora, yo le juro. La lengua se les sale así, los ojos se les
cierran, los pantalones se les manchan enteros.

—Qué asco. ¿Lloré, grité, dije algo? —pregunta, pasando por alto el payaseo con que Elodie imita la expresión de los ahorcados.

—No lloró. Se quejó, pero no lloró.

—¿Mucho rato?

—No. Se puso a hablarle a un señor después. Alguien que conocía mucho, parece. Le hablaba como a
un amigo.

—¿Y qué tipo de huevadas le decía?

—No se le entendía bien. Y yo tenía que vigilar la
máquina para que siguiera dibujando montañas, y había
mucho ruido. Estaba el carnaval allá afuera, acuérdese.

—Me estaba despidiendo quizás. Me estaba yendo
tranquila y feliz de este mundo cuando tú me despertaste para obligarme a vivir.

—No quería morir, madame. De eso estoy segura.
Peleó. Yo no vi nunca pelear a alguien tanto por no
morir. Y yo no tengo problemas con eso, cuando hay
que morir hay que morir y yo he ayudado a mucha
gente a irse para el otro lado, madame. Pero usted no
quería.

Imperial Elodie con el mentón erguido, los ojos brillantes, la autoridad perfecta de su cuerpo rotundo.

—¿Qué estás diciendo? ¿Mataste a alguien?

—No he matado a nadie, madame. Si me piden ayuda, yo ayudo. No obligo a la gente a hacer nada, pero cuando quieren algo no se saca nada con decirles que no. —Y su boca, de pronto seria, se abstiene de hablar más.

¿Ayudar cómo? ¿A quién? No va a decir más. Carmen instintivamente baja los ojos desde los senos sin forma de la cocinera hasta las manos, pequeñas, redondas y sudadas, lá palma tan amarilla como el resto es negro. Tantos muertos, tantos vivos, esas manos amarillas, la mancha en el centro del muro o en la piel de un gatopardo, su firma en el centro del miedo.

—¿Cuántos años tienes? —pregunta intimidada Carmen Prado.

Sorprendida, la cocinera responde abriendo y cerrando las manos cuatro veces y dejando después dos dedos solos como el signo de la victoria.

—¿Cuánto es eso?

—¿No sabe contar, madame?

—¿Cuánto?

—Cuarenta y dos —confiesa en voz baja la cocinera.

—¡Pero eres una niña! Mucho más joven que yo, hija de puta.

—¿No se nota? Pero si soy una niña yo. La única vieja aquí es usted. —Ríe Elodie, mientras Carmen Prado la mira como si no la hubiese visto nunca de verdad.

Cuarenta y dos años esta perra, ¡una niña!, edad fértil todavía, los últimos o penúltimos años de ser una mujer posible. Ni una cana, pocas arrugas, esta mujer que nunca fue bonita, seguro, que tampoco será nunca del todo fea, la sonrisa entera, las dulces ojeras que se arrugan con cierta elegancia insomne. El turbante soldado a su cabeza, el delantal de cocina que no se ha quitado un minuto en estos tres días, ¿o son cuatro?

¿Cuarenta y dos años? Cómo era yo a los cuarenta y dos años, se pregunta Carmen Prado. Mujer aún, niña, deseante, hambrienta, sabia, bailando por el pantano entre los chopos y los sargazos y otras de esas plantas horribles con nombres preciosos. Pura lucha, pura guerra, atravesada por el miedo y las ganas, viuda de un hombre, enamorada oficialmente de otro, o simplemente caliente, desesperada y recién nacida, obligada a correr de un lado a otro de los Estados Unidos porque Ricardo, porque la Rita y los dientes de leche que había que dejar debajo de alguna almohada, y Carmen Luz que preguntaba sin parar por qué no podía traer a una amiga llamada Tracy a la casa.

«¿Por qué no puedo, mamá?»

«Porque no.»

«¡Esa no es respuesta, mamá!»

Esa es la única respuesta que vale, mijita. Lo otro son justificaciones, excusas, la única respuesta es esa que tengo, mi niña preciosa, mi niña terrible; duerme, linda, aprovecha de dormir, mañana te explico dónde estamos, dónde está el papá, adónde vamos después. Tan obediente todavía su hija mayor, que esperó y esperó durante años una respuesta más contundente que el «porque no», hasta que se inventó esa indignación perfecta con que la odia desde hace tantos años, con que se prepara para perdonarla en alguna escena cruel y larga de esas que tanto le gustan.

¿Por qué quieres una razón? ¿Por qué quieres saber la verdad? La verdad duele, mi amor, la mentira es tanto mejor a veces. No pude salvarlos a todos, Carmen Luz, salvé a tus hermanos chicos, te armé hasta los dientes a ti, te entrené odiándome para que nada te pueda destruir. Agradece. Eres fuerte, eres la mamá de tus hermanos, eres la esposa ideal de un pobre huevón, todo gracias a mí. Vives contra mí, por mi culpa también. Me odias porque en el fondo me comprendes, porque en el fondo no habrías hecho nada distinto de lo que yo hice. No tenemos por qué entendernos, no tenemos por qué querernos, Carmen Luz, porque somos lo mismo, porque estamos siempre juntas, porque a la larga sé que vamos a estar como al principio, cuando hacía mucho frío en Viña, cuando yo no sabía por dónde empezar, y llorabas en tu cuna, y te sacaba la ropa en la cama y el mundo se detenía alrededor.

—¿Por qué no tuviste hijos, tú? —le lanza a la cara a la cocinera.

—Alban y Jean Marie…

—¡Esos no son tus hijos, son tus sobrinos!, no me vengas con huevadas. Hijos, hijos de verdad estoy hablando.

—Es como si fueran mis hijos, madame. Ellos van a heredar todo lo que tengo cuando muera yo. He juntado mucha plata, madame, todos estos años trabajando para distintas personas he juntado lo suficiente para que no necesiten trabajar nunca más en la vida.

—No es lo mismo. No los pariste tú, no salieron de tu cuerpo.

—Yo no los hice pero son míos, señora —se defiende Elodie—, no tienen otra mamá. A Jean Marie lo conocí cuando tenía dos años. A Alban, cuando tenía uno. Les enseñé a caminar, a comer, a leer, a usar el baño, madame. Dormían conmigo hasta que se fueron al internado. Me mandan regalos gigantes para mi cumpleaños.

—Pero espérate un segundo a que llegue su mamá de verdad. No te van a saludar más, se van a ir corriendo con ella. Da lo mismo que sea una perra, da lo mismo que sea la peor mamá del mundo, la van a querer más a ella. Es una cuestión de piel, es una cuestión de instinto...

—Eso no importa, señora.

—Es justamente lo que importa, lo único que importa, sacárselos de adentro de tu sangre, quitártelos como un tumor de la carne, inventarlos desde tus más asquerosos órganos para perderlos para el mundo y que te miren como si fueras una extraña. Tú no sabes, no puedes saber lo que es eso. Estás en una cama como esta, como un pedazo de carne a punto de ir al horno, y te dilatan, te miden, te afeitan el poto las enfermeras, que te odian porque te quejas de dolor, y las matronas te ponen todo tipo de aparatos raros para escuchar cómo late el niño dentro de ti, como un ciego en el fondo de una mina de carbón.

Los guantes, los doctores que te abren como un libro, que entran sin piedad donde nadie más entró antes, para sacar más y más páginas de carne, sudor, membranas, todo afuera, reversible como las chaquetas, adentro lo de afuera y afuera lo de adentro, lo que alguna vez tuviste que esconder, lo que alguna vez calentó a alguien, y todo eso gritando como una oveja degollada, pidiendo misericordia, mientras solo por jugar te rajan entera, te desangran por puro gusto, te atan con tubos a los brazos, te ruegan, te susurran, te regañan, «más gritos, señora, más sudor» piden, como una refinería que saca de sí misma, tibios, meconio, placenta, fibra y esa bolsa sin cara después de que terminas de parir, esa medusa gelatinosa de placenta y sangre que sale de ti como un regalo para los médicos, que la estudian con una atención incomprensible.

Eso fue todo, eso fuiste tú, eso vivió en ti, esa medusa sin mar, esa hernia sin frontera, tu sangre, tu carne, algo que patea adentro, que se mueve, que siente en todo minuto que va a reventar. Algo distinto de ti pero que eres tú, más tú que todo lo tuyo. Mis hijos que me odian, y yo no puedo odiarlos de vuelta, que me pasan insultando todo el día, que me pasan desafiando, tratando como a una perra infecta que tiene que ir a morirse a miles de kilómetros de distancia para no avergonzarlos demasiado. Unidos por ese infinito cordón umbilical que doblan y secan a ver si se cae solo de una vez. Limpiado en cada cambio de pañales el cordón, con cuidado, con alcohol y algodón para que no se pudra, escondido bajo otro algodón hasta que se caiga solo. Parados como en un estudio de televisión, cada uno con su micrófono en la mano, esperan las luces para cada uno mandarle un mensaje a la mamá.

¿Qué les importa lo que hago yo con mi vida, cabros de mierda? Soy una vergüenza, soy una puta, pero soy de ellos, Elodie. De Ricardo, de Rita, de la Carmen Luz, que mira todo dos veces, porque desconfía de todo, enamorada de su estúpido papá justamente porque casi no lo conoció, porque se murió justo antes de ponerse cargante. La vida antes de que muriera él, el paraíso perdido del que no quiere salir, dispuesta a cagarse la vida, a casarse con ese obeso turnio con el que se casó, a perder su juventud criando a sus hijos y los de él, a asentarse en esa casa llena de deudas y corrientes de aire para probar que no es como su madre.

Pero, ¿si no eres como yo, qué eres Carmen Luz? Mi hija mayor, el patrón sobre el que hice el resto de mi vida, mi contrario, la sombra de mi sombra que necesita respirar su odio para no desaparecer en la nada. Y Rita entremedio, refugiándose en su propia casa, dibujando esos preciosos monos animados con los que la productora para la cual trabaja vende zapatillas deportivas. Y un marido muy, muy suave, y unos hijos también dulces, para no romper ese delgado equilibrio de nada en que se esconde para no ser el genio que es. El miedo a terminar sola, la obsesión por estar cubierta, protegida por esa vida a medias que se inventó, no contra mí como su hermana, pero sin mí también, viviendo en Chile, esperando a la salida del colegio a sus hijos y los de otras mamás con las que hace turnos para ir a dejarlos a sus casas.

Y Ricardo, el menor, que no es ni siquiera un desperdicio. Y Ricardo, que solo sabe dejarse querer, como si fuese lo más natural del mundo, que no juzga a nadie en esta familia de inquisidores. Ricardo, que no pelea. Ricardo, que no pierde, pero no gana, que no busca ni una razón para ser lo que es, mordido en mi carne, inscrito en mis venas. Todos ellos mojados de sangre, moviendo los brazos, buscándote sin ojos hasta que te lo enchufan en el pezón y chupan eso que no es leche todavía, el pelo pegoteado, el pecho respirando a tu ritmo, o tú al ritmo de ellos.

«Es un niño», le anunciaron cuando lo sacaron de su vientre. Cría sangrante y mojada que cuelga de un pie mientras le observan los dedos, los brazos, y eso que ella no esperaba, eso que no había calculado que debía enfrentar, su minúsculo pene.

«Lo quieres diez veces más que a nosotras dos juntas», se quejaba hasta la Rita, que lo adoraba también. Adorar es la palabra exacta. A ustedes las quiero, no las puedo querer más. A Ricardo lo adoro. Manos, piernas, dedos, bolsa de testículos, y eso que sobra, y eso que queda, ese cuello sin cara, esa salchicha de cóctel, larva que no sale de su crisálida, la razón misma de parir, esa hernia que multiplica el mundo, ese pez sin ojos que le permite al doctor asegurar que es un niño, un macho, un hombre.

«Es un niño.»

Un niño.

Su deber es ese, hacer que de su carne salga lo contrario de su carne. Algo que no sea una mera versión de ella misma, la Carmen Luz, todo lo que detesta de sí misma, Rita, todo lo que alguna vez le habría gustado ser, Ricardo, que no es ni una cosa ni la otra sino todo lo contrario. Pobre niño que enrollan en sábanas y cobertores, desnudo de una manera en que sus hijas nunca estarían desnudas. Ridículo y heroico de una manera que solo él puede conseguir. Niño, infinitamente niño, midiendo la resistencia de todo, corriendo en los pasillos, gritando para que lo asusten el eco y la oscuridad. El empeño ciego en hacer más y más cosas que lo asustan. Y la vez en San Francisco que de puro feliz corrió hacia el ventanal de un restaurante, que se despedazó sin dejarle un solo rasguño. Su sorpresa maravillada cuando el vidrio entero fue cayendo en pedazos alrededor de sus manos y su cara, que no se movieron ni un centímetro.

La Carmen Luz y la Rita eran a los cuatro años, a los cinco, a los seis, mujeres en miniatura, mujercitas que pasaron por la niñez como una condena para después convertirse en novias y casarse y parir y después morir. Ricardo se quedó estancado, se estrelló a los diez años contra ese ventanal enorme de San Francisco, California.

Se estampó contra el mundo: sus dedos, sus piernas abiertas como rayos que apuntaran en todas direcciones a la vez para crecer sin cambiar. Las niñas son acuáticas, fluidas, ya están terminadas cuando nacen, siguen la corriente como las sirenas, que es lo que soy según tú, Elodie.

Carmen Prado se pegaba a la puerta para escuchar hablar solo a Ricardo en la otra pieza cuando vivían todos juntos. Cómo juraba, cómo imitaba sin darse cuenta la voz y los modismos de los otros niños, aterrado de la pura idea de gustarles. Nunca mentía. Jugaba con total seriedad, con completa concentración, mojándose las rodillas con saliva, recitando como un ciego nombres de futbolistas o superhéroes para ser como los otros niños, armando y desarmando máquinas, las muñecas de sus hermanas, microscopios, charangos y circuitos electrónicos.

«¿Necesitas algo más, Richi?», le preguntaba.

«No, mamá.» Nunca se olvidaba de decir mamá al final de todas las frases. Era feliz o eso imaginaba Carmen Prado que era la felicidad, el derecho inalienable de ser completamente niño que no tuvo nadie más en esa casa. Flojo hasta lo increíble, siempre empezando carreras, grupos, viajes. Músico se supone… Pero qué va a ser músico Ricardo. Marihuanero será, técnico en sonido, y solo porque su mamá insistió en que terminara de estudiar algo de todo lo que empezó. Lleno de capacidad, de talentos que desperdiciaba solo para que lo quisieran esos oligofrénicos con los que le gustaba juntarse. Tienes razón, Richi, ¿para qué vas a hacer algo más? ¿Qué demuestras con eso? Con nacer basta y sobra. Eso le pidió Carmen Prado a Dios, o a quien fuera, verlo nacer solamente, dejarle al mundo la sonrisa un poco triste de Ricardo flotando sobre ella, bendiciéndola, vigilándola, olvidándola incluso, aquí mismo, en esta clínica miserable la luz de Ricardo supone un motivo para levantarse, una razón para respirar, para no morir en Puerto Príncipe por culpa de una cirugía estética.

Eso es un hijo, Elodie, algo de lo que no esperas nada y todo, tus entrañas convertidas en algo que no puedes ni tocar, el sol que brilla sobre la cabeza, eso lo hice yo, eso soy yo también, más yo que todo lo demás. Mi hijo girando solo en el centro de la galaxia, lindo como un sol, y como el sol incapaz de hacer nada salvo quedar colgado en el espacio, en medio de los planetas que giran sin parar.

—¿Pero para qué te digo esto? Soy mala, Elodie, no me hagas caso. Da lo mismo cómo los tuviste, son tus hijos, tú los quieres, qué me meto yo —dice Carmen Prado, reparando al fin en la mueca de incomodidad con que su guardiana escucha su sermón—. No tienen a nadie más en el mundo. Tú los educaste, tú los criaste. Soy pérfida, Elodie, soy mala, no me quieras, no pierdas tu tiempo, yo hago sufrir a la gente. Tú eres buena, te mereces algo mejor que yo…

—Yo no soy buena. Si fuera buena no estaría aquí.

—Estás aquí justamente porque eres buena.

—Estamos castigadas las dos aquí por algo. Nos tienen encerradas porque no somos buenas. A la gente buena no le pasan estas cosas.

—Qué vas a ser mala tú, tú eres una santa. Una latera sí, pero una santa. Te ofreciste de voluntaria para venir a limpiarme el trasero. Eso no lo hace más que una santa. Yo te empujo, yo te insulto y tú lo único que haces es ayudarme más y más.

—¿Sabe por qué estoy aquí? ¿Sabe algo de mi vida, usted?

Y el silencio victorioso que tanto le gusta imponer a la cocinera. ¿Qué sabe en el fondo?, aprovecha de preguntarse Carmen Prado. Todo, o más bien nada: que es negra, que cocina en la casa, que maltrata por amor a sus dos sobrinos, que mandonea a todos en la casa, que no le gusta Aristide pero que piensa que de todos modos era una esperanza para los pobres.

¿Qué más? Que no se suelta el pelo ni en broma, que aprendió a cocinar *risotto* y a hacer raviolis a mano con la frígida de la *signora* Marina, de la que habla maravillas cada vez que puede.

—¿Qué hay que saber? A ver, cuenta, rápido. —Y se prepara para una lata llena de gallinas místicas, de muertos que resucitan, de mucho trabajo y mucho esfuerzo, y la *signora* Marina que se vestía tan bien, y la *signora* Marina que sí sabía mandar, y la *signora* Marina que sí que era buena con la gente.

—No importa, madame, es mi vida, yo no tengo por qué contarle mi vida a usted —se indigna Elodie.

—Ya, pues, cuenta, no seas maricona, no me dejes con los crespos hechos. Me porto bien, te prometo que no te interrumpo. ¿Cuántos hermanos tienes? Quince, ya me dijiste, creo. No saben tener los hijos de a uno aquí. Paren y paren como si el mundo se fuera a acabar mañana. ¿Cuántos se te murieron de niña? ¿A cuántos viste morir con tus propios ojos? El papá borracho, la mamá trabajando como perra para alimentarlos. ¿Me equivoco? ¿Estoy bien? Ya pues, dime.

—No se la puedo regalar, mi vida. Es lo único que tengo, madame. Eso, mis ahorros y la casa en Banano.

—¿Qué es eso, Banano?

—Mi pueblo, señora, de donde vengo yo.

—¿Banano? ¿Cómo se va a llamar así un pueblo, por favor? Eso no es haitiano. Con lo orgullosos que son ustedes aquí, no le van a poner Banano a un pueblo.

—Es precioso Banano, señora. Vamos a ir cuando esté bien, va a ver. Le va a encantar, ya va a ver. Mi papá es dueño de casi todo allá.

—¿Y qué haces aquí si eres tan millonaria? ¿Por qué no te quedaste en Banana?

—Banano se dice. Ya le dije que es mi vida, no se la puedo contar. Yo sé por qué estoy aquí. Eso es mío, eso es lo que no puedo regalarle. Si usted me da algo a cambio podemos hacer un trato quizás. Usted me da su vida, yo le doy la mía.

—¿Mi vida? ¿Tú quieres saber de mi vida? —Sonríe Carmen Prado como si le hubiesen pedido un beso, un abrazo, algo coqueto y travieso con que iluminar la tarde—. Media huevada. Todo el mundo sabe de mi vida, por favor. No tiene gracia, yo le regalo mi vida a todos los huevones que van pasando por ahí. ¿Qué quieres saber?

—No dije que quería saber nada, madame. Su vida es su vida, no me interesa a mí. Es por ser justa nada más. Si usted quiere mi vida me tiene que dar la suya. Así es el comercio, una cosa por otra.

—Bah, ¿y si no quieres saber nada de mí, por qué viniste aquí? —se ofende al fin Carmen Prado—. De todas las tontas que trabajan en la casa, de todas las maricanas que se supone que me adoran, viniste tú, que me odias, a mudarme como una guagua.

—Yo no la odio, señora.

—Me desprecias, que es peor. ¿Por qué viniste tú a salvarme?

—Una casa sin dueña de casa no es una casa. Alguien tenía que venir. Yo no tengo hijos, como usted dice. Yo no tengo nada que perder, tenía que ser yo, no podía ser nadie más.

—No me mientas, tienes tus sobrinos, tienes tu casa en Banana, tienes tanto que perder como los otros. ¿Qué quieres aquí? ¿Qué estás buscando?

—Es Banano, no Banana, ya le dije. Pensé que serviría, pensé que sería útil. A la *signora* Marina le ponía una crema en la espalda cuando tenía esas heridas terribles. Decía que la calmaba. Yo pensé que podía calmarla también a usted.

—Tú no me calmas a mí, no te preocupes. Me das risa, me das rabia, pero no me calmas nada.

—Usted es distinta a la *signora* Marina, usted es valiente, ya le dije. Los valientes lo pasan muy mal en Haití.

¿Por eso no me morí? ¿Por eso me obligaste a quedarme viva para siempre? Ver morir a todos, no poder salvar a nadie, quedarme cuando quiero irme. ¿Eso es ser valiente, Elodie, no morirse cuando hay que hacerlo? ¿Pelear con la cocinera que la salvó a una de la muerte? ¿Evitar a toda costa que cuente su historia? Apretar los dientes como un caballo que muerde el freno, las cinchas, las cintas. Pelear siempre, seguir peleando por lo que es suyo, lo que todos le niegan.

Tengo que hacer todo sola. Si no me salvo yo no me salva nadie, mira con extrañeza Carmen Prado la tranquilidad total de una tarde de domingo.

Los cobertores del mismo tono verde Nilo que los muros, la ciudad a lo lejos durmiendo la siesta, la normalidad más normal que se instala aquí también, cortada en dos, secuestrada, aislada de cualquier cosa que pueda conocer y sin embargo tranquila mira el sol atravesar la ventana. Qué raro que todo siga su curso, qué raro que yo también siga viva, piensa.

Y recuerda de pronto a ese desconocido parado en la entrada de la casa de Maitencillo.

«¿Qué quieres, huevón, qué quieres?», le pregunta ofendido Naím. «Esta es mi casa, esta es mi familia. Mira, esta es mi mujer, estos son mis niños, ya, ándate… Ya pues, déjame entrar a mi casa, conchetumadre, ¡hijo de puta, conchetumadre, déjame pasar a mi casa…!»

Y se ve Carmen Prado a sí misma de treinta y dos años, saludando con una patética sonrisa de esposa perfecta de comercial de jugo en polvo.

«¡Te voy a matar, huevón, te voy a matar!», se desespera Naím buscando con todas sus fuerzas por dónde agarrar al gigante que apenas se desplaza dos centímetros de su eje para tomar al dueño de casa y arrojarlo al suelo, y desde el suelo trata Naím de agarrar al gigante enemigo de las rodillas para recibir más y más patadas, pobrecito, pelado, querible, tan infinitamente querible el vendedor de autos usados que no puede ni volver a su casa sin que un desconocido lo interrumpa.

Más empujones, más resbalones, los dientes apretados, los insultos compactos y sus crestas picoteando el aire como gallos de pelea.

«Ya, pues, no peleen, no sean tontos. Ya, vengan para la casa, arreglemos aquí todo como gente civilizada...» Y el ruido de los resbalones de las zapatillas, y la adrenalina que dejan escapar por cada poro de sus cuerpos buscando la falla del otro.

Valiente, tan valiente el pobre Naím, que pelea como si pudiera ganar, como si tuviera alguna remota posibilidad de lanzar al suelo a su enemigo. Eso es ser valiente, Elodie, saber que vas a perder y pelear de todas formas. Saber que va a doler y buscar más golpes en las vértebras, la espalda, la nariz de la que mana un doble hilo de polvo y sangre. Por eso escogió a Naím. A él y no a su pelo en pecho. A él y no a la generosidad sin límite con que se declaró su esclavo desde el día en que la conoció: «No llores más, preciosa, tienes derecho a ser feliz, yo lo resuelvo todo. Te llevo, te abrigo, te rapto, te salvo; eres una princesa, te mereces lo mejor.»

Una patudez sin fin que ella aceptó porque no le quedaba otra, que comprendió solo cuando vio la nariz de su segundo marido sangrando a la entrada de la casa de Maitencillo. Derrotado pero amenazando Naím, que no tiene con qué responder a los golpes precisos, cansados y contundentes del extraño, quien, mucho más alto y más fuerte que él, ahora le tuerce el brazo en la espalda hasta que algo craquelea horriblemente.

«¡Ya, huevón, para, huevón, no seas maricón, sale de aquí, sale!», chilla con las fuerzas que le quedan Naím, arrodillado de dolor, llamando a unos refuerzos que no llegan.

¿Por qué nadie los detuvo? ¿Por qué no llegó la policía?, se pregunta ahora Carmen Prado, espantada por la precisión y el placer con que recuerda todo eso como si fuese la cima de su vida. Anudados en un solo amasijo de polvo mojado que gira y gira en el suelo, como si todo el juego consistiera en impregnarse lo más posible de arena y barro, dar vueltas y vueltas unidos en un solo y arrollador torbellino de odio, dos hombres peleando en la puerta de su casa, la distancia que borra toda la violencia del acto, que la convierte en el recuerdo del recuerdo de una película a la hora de la siesta. La sombra de un mito griego, la silueta de los semidioses cuando el sol cae sobre el mar. Y los enormes eucaliptos alrededor, y los columpios y los balancines desiertos, y los perros que le ladran a la noche, las camionetas que pasan sin parar.

«¡Ya pues, hasta cuándo! ¡No peleen más! ¡Paren los dos con la tontera!», se oye a sí misma rogar, protegida por los cuatro costados por la obligación de retener a sus hijas entre sus piernas. «Mamá, ¿qué pasa? ¿Quién le está pegando al tío Naím?» Nadie, no importa, Carmen Luz. ¿Debió entrarlas a la casa, debió taparles los ojos, ahorrarles el trauma? ¿Les hizo mal ver todo eso a las niñas? ¿Fue eso lo que las dejó asustadas para toda la vida, a medio hacer para siempre, mal casadas, soportando hasta lo insoportable a esos niños que no pelean por nada ni nadie, pelados, chicos, blandos, apollerados? Fueran ricos por lo menos los tontos, pero no son sino lamentables prospectos de hombres, siempre empastillados, deprimidos porque los estafó su mejor amigo o porque no saben cómo terminar la tesis del posgrado por correspondencia que los iba a salvar de seguir mendigando horas de una universidad a otra.

Se ve a sí misma Carmen Prado aterrada y orgullosa, mostrándoles en vez de esconderles a sus hijas la formidable derrota de ese que juega a ser su padre. La Ilíada y la Odisea, miren, miren, niñitas. Todo empieza así, todo termina así, los libros, las sinfonías, la Biblia y los otros libros también, con una pelea en el polvo, con los hombres probando las fuerzas que les quedan. Tan lento, tan silencioso el espectáculo en la puerta de la casa de la playa, tan detenido en el tiempo, en la luz que se iba, en la de las casas que iban encendiendo una a una sus lámparas con la gente asomándose a las ventanas para verlos pelear, como si se tratase de un circo pobre que ensayara ante el mundo entero sus lamentables acrobacias.

Bébanlo, absórbanlo, niñitas, hasta el último segundo. Traguen la luz que se va, la silueta que muerde, el baile sin música, la decapitada felicidad con que se mata el tío Naím por ustedes, por mí, por ti, por Ricardo, que todavía no nace, pero que ella decidió esa misma tarde que tenía la obligación de engendrar, para regalarle a este pobre luchador humillado un niño que sonría como él. Y prolongar así la huida sin tregua que empezó esa misma tarde en que los dos pelearon un lugar en el umbral de su casa, la última, la única casa de playa más o menos como la de todo el mundo a la que tuvieron derecho las niñitas.

Porque después de la pelea hubo que correr.

«No quiero saber nada de tus negocios, Naím. ¿Es droga? Dime eso nomás.»

No, estás loca, jamás, le aseguró el marido todo mojado al final de la pelea, dejándole la oportunidad de huir si ella quería porque él es el problema, tiene esos amigos que son enemigos, ella merece algo mejor, si quieres irte yo te entiendo, tú eres una princesa, yo soy un bandido.

«No digas pelotudeces, por favor. Que no es droga era lo único que necesitaba saber. De la droga nadie sale vivo, el resto es la vida nomás, haz lo que tengas que hacer. Todos venden algo, todos estafan, tú elegiste, tú me salvaste. Soy tu esposa, confío en ti, si lo haces tú está bien. Tú trae la comida a la mesa, yo me encargo del resto. Ya, no grites, deja que te limpie la herida. ¡Ya, pues, no seas maricón, no chilles tanto!»

Carmen Prado con una niña en cada brazo por el aeropuerto de Dallas, el pelo tan largo, tan liso, tan negro que no podría reconocerse si se viera en las fotos de la época. No hay duchas en el motel de Chicago, de Manitoba, de Filadelfia, de Vancouver, de Saint Louis, de San Fernando Valley, de San Diego, de donde hay que volver a irse con lo puesto, bolsos y más bolsos llenos de juguetes, una falda sobre otra, cuatro calzones, los recuerdos que los niños no quieren dejar atrás, recortes, cintas, casetes, cajas negras bajo sus senos, en los repliegues de su guata estrellada de cicatrices que también sirven de escondite para las cintas y los papeles que Naím quiere que lleve.

Nació para eso, guardar secretos, atravesar fronteras, insultar a funcionarios, no tener miedo cuando todos tiemblan y temblar cuando todos están en calma. Cargada de datos esenciales, llevando su casa en los pliegues de la piel, que se complicó por eso mismo, para que cupieran todas sus camisas de dormir y calcetines unos sobre los otros, y bufandas y perfumes para impresionar a los guardias de la aduana y la policía internacional, que ante la soberbia de su paso que no pide disculpas la dejan pasar sin preguntarle nada.

Quince años seguidos esperando mil veces en medio de un estacionamiento gigantesco que Naím apareciera donde dijo que aparecería, rodeado de autos, nieve y gaviotas sucias. Siempre llegaba milagrosamente, fuera en Cleveland, Nueva York, Pittsburgh, Naím, impecable en su chaqueta de cuero nueva, sonriendo a pesar de que lo carcomía la angustia, cumpliendo su parte del trato, la comida, la protección (o algo parecido a eso). Cumpliendo ella también el suyo, no quejarse, no preguntar nada —aunque él insistiera una y otra vez en tratar de contarle sus negocios—, no pedir más ni menos que ese ritmo sin pausa, el orgullo raro de depender, de confiar ciegamente en ese joven que conocía apenas cuando se casó con él.

Sus amigas, sus primas y sus tías se lo advirtieron en todos los tonos. No hagas tonteras, piénsalo bien, Carmencita, es encantador tu Naím, es simpático, hace reír a todo el mundo con sus cuentos pero no tiene profesión, es árabe, tú sabes, pasa noches enteras en el casino, maneja autos demasiado grandes, es demasiado generoso, esa gente tiene otros valores.

Eso es lo que me gustó, esos otros valores, más antiguos. Los fajos de billetes, las viejas pintarrajeadas hasta los noventa años, los hematomas en la cara de los hombres. Un hombre, eso y solo eso, Elodie, esa tontera de pelear, de lanzarse sin dudar ni un segundo contra hombres más grandes que él. Y seguir, e insistir, y tragar polvo, y rasmillarse las rodillas enteras, y perder hasta las últimas fuerzas, hasta la última lágrima resistiéndose a lo irresistible.

—¿Dónde está ese señor ahora, madame? ¿Por qué no está aquí peleando por usted? —pregunta Elodie.

—Está hecho un latero. No lo veo hace como diez años. La última vez que lo vi vendía planes de TV cable a domicilio en Key West. Es un viejito patético, que compara el precio de la leche en los distintos supermercados del área donde vive. No es su culpa, yo agoto a los hombres, Elodie. Los dejo muertos, arrancan, desaparecen. Soy un peligro público, deberían encerrarme, soy una mierda de persona. Tú eres más sensata, tú escoges bien, tú ahorras, tú te cuidas más. ¿Cómo se llamaba el viejito con el que te casaste?

—¿Quién? ¿Guy? —Se sorprende Elodie, mientras Carmen Prado se alegra de recordar, justo ahora que lo necesita, ese detalle que había olvidado por completo.

—Ese.

—¿Cómo sabe de Guy usted?

—Todo el mundo hablaba de él cuando llegué a la casa. Todos lo adoraban, parece. Debió ser relajante vivir con un anciano. Más tranquilo supongo, más normal que seguir a un turco loco por el mundo.

—Guy fue el último, tuve dos maridos antes.

—¿Te casaste antes, tú? —Se extraña Carmen Prado, a quien le parece ya sorprendente que se haya casado alguna vez esta mujer que le resulta absolutamente imposible de imaginar enamorada.

—El primero no importa, fue una tontería para molestar a mi papá.

—¿Y el segundo?

—Ese era malo, pero yo le pegué bien fuerte, no creo que le pegue a nadie más después de eso.

—¿Te pegaba el hijo de puta?

—Éramos niños, no sabíamos lo que estábamos haciendo. Yo también le pegué, ya se lo dije. Una sola vez, pero fue para siempre. Con Guy fue distinto. Él era un hombre de verdad. Sabía que yo iba a ser su última mujer, eso me dijo cuando lo conocí, tú vas a ser mi última mujer y voy a hacer contigo todo lo que no hice bien con las otras.

—No se ve muy divertido que digamos.

—No crea, madame, bailábamos mucho. Nos reíamos todo el tiempo con Guy. Le gustaba mucho la comida. Yo por él aprendí a cocinar, para cocinarle las cosas que le gustaban. Nos peleábamos también, no crea, madame, era una peste su carácter, pero cuando se volvía malo yo me iba a mi casa en Banano con los niños, esperaba que se le pasara y volvía cuando me iba a buscar, que era siempre.

—¿Y en eso…, funcionaba?

—Tenía mucha energía. Podía haberse casado dos veces más fácilmente.

—¿Te ponía mucho los cuernos?

—¿Qué es eso? —pregunta Elodie. Como para ahorrarse palabras, Carmen Prado hace con las manos la mímica de la cornamenta sobre la cabeza—. ¿Por qué pregunta eso, madame? —Sonríe por primera vez ruborizada la cocinera.

—Tú dices que tenía energía para dos más. Pensé que era lo que estabas diciendo. Esa forma de hablar haitiana tuya, cada vez la entiendo menos, mijita. El viejo era un semental, te ibas de la casa cuando lo pillabas en alguna de sus cosas y volvías cuando se arrodillaba para pedirte que volvieras. ¿Eso es lo que quieres decir?

—No era un semental, madame, era un hombre solamente como usted dice. Un hombre, un hombre que ya sabía cómo era ser hombre. Él confiaba en mí y yo confiaba en él. Se iba, yo no preguntaba adónde, me iba yo y él no preguntaba tampoco. Una mañana despertó con que tenía que ir a vender unas gallinas al campo. Lo encontramos un mes después cerca de Jacmel, de donde era él, todo tranquilo en una casucha en el patio de una sobrina suya, donde alojaba siempre.

—¿Se murió así, entonces? —confirma Carmen Prado lo que sabe de entrada.

La cocinera se limita a afirmar con la cabeza para seguir cómoda en su silenciosa sonrisa, que se prolonga por varios segundos sin que Carmen Prado se atreva a interrumpirla.

—¿Por qué te quedaste callada? —rompe por fin el encantamiento—. ¿Estás rezando, ridícula?

—Yo no rezo, madame, yo soy atea.

—Ya, pues. ¿Cómo vas a ser atea? Eres haitiana, tienes que creer en algo.

—¿Por qué?

—Porque es Haití, mijita. ¿En qué más vas a creer en este país de mierda si no es en Dios? ¿En el gobierno? ¿En los tribunales de justicia? ¿En la ciencia haitiana?

Esa es la impresión, que no se ha despegado de sus huesos desde que llegó aquí, que está en la Biblia, no en el desierto sino en el Paraíso, y en el Infierno y el Limbo y el Purgatorio, todo eso que le enseñaron en el fondo de las casas las cocineras, las planchadoras, las visitas también. Eso tan real como el frío, tan imposible.

La Edad Media con sus abadesas y sus pestes bubónicas no fue distinta a eso que era Chile y ya no existe allá. Niñitas de encaje blanco esperando la primera comunión, señoras y señoritas de seda, o raso, lino también, blanco almidonado, tanta ropa impecable siempre. Y los últimos serán los primeros, la otra mejilla, el hijo pródigo, bienaventurados los pobres, y los leprosos felices, y María Magdalena limpiando los pies con su pelo, y Lázaro sacándose las vendas, en todos los muros, en los buses, frases de la Biblia a todo color, Dios en todas partes y a toda hora, Dios, que es lo único que justifica esta mierda de isla, lo único que la explica.

—No creo tampoco en eso, no se preocupe. Creo en pocas cosas. No me siento orgullosa de eso, madame. Trato de creer más, pero no es fácil.

—Mentirosa, eres más católica que la madre Teresa de Calcuta tú, confiesa, no sigas haciéndote la tonta conmigo, te veo persignarte todo el tiempo, te veo rezando sin parar, cínica de mierda…

—Me persigno por costumbre, puede ser que rece sin darme cuenta. Estudié con las monjas, señora, toda mi familia es católica. Yo tengo una hermana monja incluso.

—Entonces eres católica. No se necesita creer a pie juntillas todo para ser católica, basta creer a grandes rasgos, creer más o menos lo que dice el Papa. Esa es la gracia de la religión católica: no pide casi nada para entrar, lo difícil es salir.

—¿Usted cree en Dios, señora? —le devuelve la pelota la cocinera incrédula.

—Da lo mismo si creo o no. Yo soy una puta terrible. Abandoné a mis hijos, me he pasado casando con todo tipo de turcos y daneses que no sirven para nada. El problema no soy yo, el problema eres tú. Eres tú la que cuida a niños ajenos como si fueran tuyos. Eres tú la que lleva por el buen camino a todas las putas que trabajan en la casa, la que les regala plata de su sueldo cuando pierden todo jugando o tomando. Eres tú la que se mete en un nido de *chiméres* para ayudar a una gorda chilena secuestrada en una clínica de lujo por confiar en la hija de puta de la Pantera de mierda, que ojalá la hayan llenado de plomo estos cobardes de mierda.

—Yo eso no lo hago por Dios, madame.

—¿Por qué lo haces entonces?

—Lo hago porque lo tengo que hacer.

—No tienes por qué hacer nada. Nadie te pide nada. Podrías vivir perfectamente feliz sin hacer nada de eso. Yo te conozco, odias a la gente tanto como yo, Elodie. Haces todas estas cosas por algo más que no eres tú, algo más grande que tú que te ordena hacerlas.

—Yo solo sé que no creo en Dios. Eso es todo. Yo creía antes, le prometo que creía, hasta que viajé a Canadá a ver a mi sobrino Jacques Etienne.

—¿Él es ateo?

—No, es cristiano, evangélico. Fue muy bueno conmigo, me alojó sin pedirme nada a cambio. Me quedé en su casa como un mes sin hacer nada. Lo pasé muy bien.

—¿Y qué tiene que ver todo eso con volverse atea?

—Empezó a nevar. Usted sabe, cuando empieza a nevar allá no termina nunca. Son días y días de nieve por todas partes. A Jacques Etienne le daba lo mismo la nieve, él iba a trabajar igual como si hiciera sol. No había nada que hacer en la casa, había máquinas para todo. Yo me pasaba todo el día viendo la nieve caer por la ventana, hasta que de repente dejé de creer.

—¿Así de repente?

—Empecé a preguntarme cosas. Cuando todo es blanco se piensa más. ¿Por qué hay nieve en Canadá, por qué no hay nieve en Haití? ¿Por qué hay sol aquí y no hay sol allá? ¿Quién hizo que fuera así?

—Dios, mijita, todo eso lo hizo Dios.

—Pero decir Dios es como no decir nada, madame. Es como decir que la nieve es nieve y que el sol es sol. ¿Se necesita a Dios para eso?

—¿Pero qué tiene de malo decir que lo hizo Dios? No le hace mal a nadie. Al contrario, hace bien. Es más simple todo cuando dices Dios. Allá hay nieve, aquí hay sol, más allá está Dios, no sé, es lo más lógico. Es lo único que te salva en esta mierda de país donde vives, saber que alguien sabe qué está pasando, que alguien puede ayudarte, que puede cagarte también, pero que hay alguien, que no estás sola como un dedo perdido en este mundo de mierda. ¿A ti no te ayuda eso? ¿No necesitas que haya alguien arriba?

—Yo sé que ayuda. Yo no tengo nada contra la religión, señora. Yo obligo a mis sobrinos a rezar. Los obligo a ir a la iglesia todos los domingos. A la gente de la casa igual. Yo no voy, eso es todo. Les digo que ya fui temprano o que voy a ir después. Doy vueltas a la plaza hasta que se acaba la hora de misa.

—Pero podrías ir igual. ¿Tú crees que todos los que van a misa creen en Dios?

—Pero eso sería mentir.

—Pero si les mientes a todos tú, les dices que vas a misa y no vas…

Un breve silencio puntúa la victoria táctica de Carmen Prado.

—Pero no le miento a mi conciencia. Eso es lo que me importa a mí, madame, no mentirle a mi conciencia.

—¿Qué conciencia si no crees en Dios, mijita?

—Mentir es malo, señora. Eso es todo lo que sé. Con Dios o sin Dios yo sé que mentir es malo.

Se quedan en silencio como si la nieve de Montreal siguiera cayendo entre ellas, como si su deber fuese oírla caer muy despacio, imperceptiblemente silenciosa sobre el parque ya completamente nevado. Blanco todo hasta que no quede duda.

—Pura envidia —se rebela Carmen Prado contra el silencio que la cocinera logró de pura sorpresa imponer—. Tú te crees mejor que Dios, eso es lo que pasa. No soportas que Dios haga la nieve, el sol, el mar o las flores, tú crees que lo harías mejor que Dios si te tocara a ti hacerlo. Pura vanidad, mijita, puro orgullo, que es el peor de todos los pecados. ¡Te vas a freír en el Infierno por hablar huevadas!

—No estoy peleando con nadie, no le hago mal a nadie, madame, no tengo nada contra Dios, yo ya le dije, solo que no creo que exista. Me gustaría creer, le juro que me gustaría, pero no creo. Es algo que ya no tengo, algo que me quitaron, como un diente que te quitan de la boca. —Y esconde con disimulo el dedo que sí le falta, del que de pronto sabe Carmen Prado que Elodie nunca le va a hablar.

—¿Me vas a decir que tampoco crees en los espíritus? —Avergonzada, la cocinera baja la cabeza.

—Pucha la haitiana como las pelotas tú. No crees en Dios, no crees en los espíritus, no crees en los zombis… ¿cómo es la cuestión?

—No hay que jugar con eso, señora. —Levanta por fin una de las cejas la cocinera.

—¿Crees en los zombis? ¿En eso sí crees? —Ahora Carmen Prado se levanta de entre las sábanas, feliz con su descubrimiento.

—No son reales, madame, pero hay. Yo conocí a varios en Banano.

—No crees en Dios pero crees en los zombis. ¡No puedes ser tan haitiana para tus cosas! —exclama Carmen, impresionada ahora al percibir la palidez y el rubor en una cara tan negra.

—Yo no le dije que creía en los zombis. —Le inspecciona la frente con la mano Elodie—. Le dije que conocía a varios, que es distinto. Tiene fiebre de nuevo, madame. —Le impone las manos sobre la frente—. Tiene que dormir, tiene que descansar, dijo la doctora. Mañana si quiere hablamos, ahora hay que dormir.

—¡No quiero dormir! —Rechaza los cobertores con que vuelve a bendecirla Elodie—. Ya dormí demasiado, no tengo nada más que dormir en la vida. Estoy mejor que nunca. ¿Así que se tiene que hablar lo que quieres que se hable cuando tú quieres que se hable? Los zombis, el vudú son pura estafa, una pura forma de embolinar la perdiz. El gringo tonto del hotel Olofsson se traga todas esas tonteras. Nos llevó a una cosa una vez en el patio de una casa perdida por ahí, un asco. Todo tan sucio, tanta pluma, tanta sangre, lo encuentro una cochinada terrible.

—El vudú no es bueno, madame —se resigna a hablar la guardiana volviendo sobre su silla—, yo en eso estoy de acuerdo con usted. En Puerto Príncipe sobre todo. Yo le decía siempre a la *signora* Marina que no se acercara, pero al señor le gustaba. Al final pasó lo que tenía que pasar. Yo conozco a mucha gente, nadie sale bien de ahí.

—¿Pero los zombis sí, los zombis te parecen bien? El vudú te carga pero los zombis te gustan.

—No me gustan, no me parecen bien ni mal, madame. Existen, yo los he visto, es lo único que le puedo decir.

—¿Y a Dios no lo viste, entonces no crees?

—¿Usted lo vio, señora?

—Nadie lo ve, no seas burra, esa es la gracia.

—Entonces usted cree porque quiere creer.

—¿Por qué tendría que verlo para creer en él? Si no hubieras ido a Canadá tampoco creerías que existe la nieve. Si no llego yo a tu vida, tampoco creerías que existe Chile, o Dinamarca.

—Si usted quiere que crea, yo creo. No me importa creer a mí, madame. Si usted prefiere que crea, yo creo.

—Así no, de verdad, sin burlarte. Dios te quiere, ¿no te das cuenta, Elodie? Lo mataron como a un ladrón, lo escupieron por querer a los más pobres. Estaría en Haití molestando con sus doce piojentos y multiplicando pescados y caminando sobre el mar si estuviera vivo. Te querría a ti más que a mí, vendría especialmente a verte, y tú te das el lujo de despreciarlo.

—¿Por qué me iba a querer más a mí que a usted?

—Porque eres pobre, tonta, porque eres sola, porque el mundo es de ustedes los desheredados del planeta, porque ustedes son los príncipes, porque yo estoy aquí de prestado. No soy nadie, una niña de sociedad sin sociedad, una chilena que ya no importa ni en Chile, una privilegiada sin privilegios, no me quiere ni Dios, ni me quiere el diablo, no me deja ni morir tranquila, mírame, mira dónde me dejaron los hombres, Elodie, sin Dios estoy cagada, ¿cómo no te das cuenta? Alguien tiene que creer en algo para que exista —dice, gime, ruega desde el fondo de su abandonado páncreas, de sus vísceras vacías, de sus pulmones intactos, todo en su interior infernalmente joven, como le dijo la Pantera antes de operarla, «como si tuviera quince años». Poco alcohol, un cigarrillo al mes, dos en los meses de angustia, nada de drogas, el único vicio que ha tenido es la marejada que la rodea, la tempestad que la hace feliz a veces, el arriesgar todo una vez más sin saber el resultado y quedar con los brazos abiertos en medio de esa tarde de la que no sabe el nombre ni el número. Tiempo, infinito tiempo que se escapa por todos los costados sin tocarla, marejada y más marejada donde no sabe a qué pedazo roto de madera debe abrazarse para que no la trague toda la espuma. Sus recuerdos, los de la Lucía, Santiago, la cruz de dos colores de la parroquia Jesús Nazareno, una estructura cualquiera para que no sea ella y solo ella la que patalea en la inmensidad.

—¿Qué te cuesta creer, Elodie? ¿Por qué te molesta tanto rezar aunque sea por mí? ¿Qué te hice yo, por qué me odias así? No te hagas la tonta, me odias, ¿por qué no lo dices de una vez? ¡Me odias con toda el alma, abusadora de mierda!

—Yo no la odio, señora, yo no la puedo odiar.

—¿Por qué no puedes? Todo el mundo puede. ¡Ódiame, atrévete, ódiame de una vez por todas! ¡Ya pues, no seas cobarde, ódiame, sé más valiente, ódiame!

Pierde el control y se derrama en lágrimas de impotencia, con sus «ódiame» saliéndole del cuerpo para terminar de nuevo en los brazos de Elodie, en sus faldas, su pecho inmenso, justo donde no quiere terminar, vencida, doblegada, pidiendo entre caricias que la odien, más y más.

—Ódiame, ódiame, Elodie, no me dejes sola, no me dejes, mírame, mírame… —Se aferra a la manga de esa especie de delantal lleno de recovecos que usa la cocinera hace semanas. Interrumpe sus ruegos el chirrido de unos neumáticos.

—¿Qué pasa ahora?

—Los soldados, hay cambio de guardia —dice Elodie, y le muestra más allá del muro perimetral de la clínica unos uniformes color arena saludándose entre sí mientras no sueltan ni por un segundo los enormes *walkie-talkies* con los que se comunican con el cuartel central. Una ciudad entera de camionetas, antenas, soldados y más soldados instalando y desinstalando alambradas.

—¿Cuándo empezó todo eso? —se extraña Carmen Prado.

—En la mañana. Son del señor Niels. Nos vienen a salvar.

—¿Qué están esperando? ¿Por qué no atacan de una vez?

—Es peligroso, señora. Puede escaparse una bala. Están esperando que se rindan los *chiméres*. Están esperando, señora. Todos estamos esperando. Los *chiméres* adentro de la casa, los soldados afuera, nosotras aquí.

—¿Y cuánto tiempo puede durar esto?

—No se sabe.

—¿Años, meses?

—La comida, señora, todo depende de la comida. Cuando no tengan nada que comer se va a acabar todo.

—Que se queden. No estoy apurada, tengo todo el tiempo del mundo yo. Me alimento de esta tontera. —Y jala suavemente el hilo que la une a la sonda—. No tengo que pensar en nada, no tengo que pensar en nadie. Es rico eso. Es terrible vivir para buscar comida. Somos animales, no tenemos dignidad, vivimos arrastrándonos. Estas han sido mis primeras vacaciones en años, después de todo. Aprovechemos, conversemos. Ya, dime, ¿cómo son los zombis en la vida real?

—No pregunte, es mejor no saber eso, madame.

—Ya pues, no empieces con los misterios de nuevo. Somos amigas ahora, cuenta. ¿Hablan, se ríen? ¿Qué hacen todo el día tus amigos, a qué se dedican aparte de no morirse nunca?

—Son como todo el mundo. Están ahí, trabajan en las plantaciones, toman el sol todos juntos. No se nota que son zombis. De repente te dicen «ese es un zombi» y ya sabes que es mejor no hablar más con él.

—¿Por qué? No seas racista, déjalos vivir su vida, tienen derechos, no es su culpa ser zombis.

—Es su culpa. Nadie lloró por ellos cuando se murieron, por eso son zombis. Imagínese cómo tiene que ser una persona de mala para que nadie llore por ella en su propio entierro.

—¿Eso hay que lograr para no ser un zombi, que lloren en tu entierro?

—Con las lágrimas baja el espíritu. Sin lágrimas se queda ahí. Eso dicen. Yo no creo en nada, usted sabe. Pero hay muchos zombis en mi pueblo. Cuando vayamos le voy a presentar a algunos, si me promete que no les hablará como le habla usted a la gente.

—¿Pero si les pregunto cosas van a responder?

—Son educados. No miran a la cara pero responden a todo lo que uno les pregunta. No duermen. Eso es lo único que tienen de distinto a nosotros, ya no pueden dormir. Les da lo mismo, no se cansan, los sueltan en el campo sin preguntarles nada, los vuelven a agarrar para trabajar sin pagarles. Tienen todo el tiempo del mundo, nadie los apura.

—Esclavos, eso es lo que son tus zombis. ¡Esclavos! Les hacen creer que se murieron para que no se quejen y pagarles nada por el trabajo.

—Están muertos, eso es seguro, madame. Yo he ido al entierro de varios de ellos. Yo los he visto en el ataúd. Muertos, bien muertos, no me cuentan eso a mí, eso yo lo vi con mis propios ojos.

—¿Cuánto tiempo duran así? En algún momento se tienen que morir de verdad.

—No se pregunta eso, madame, una no quiere saber esas cosas. Una los saluda, habla con ellos si hay que hablar, pero no hace preguntas. En Banano por lo menos no preguntamos cuando no hay que preguntar.

Carmen se asquea rápido del tono profesoral que adquiere su guardiana y se estira en la cama tratando de mirar hacia cualquier lado menos a la cara de la cocinera.

—¿Cómo es Banano? Cuenta, ahora que tenemos tiempo antes de que estos daneses se decidan a hacer algo. A ver, ¿es grande, es chico? ¿Tiene veredas, tiene playa?

—Es un pueblo como cualquier otro, madame. Está en la selva. No es como aquí donde todo está quemado. Es todo verde allá. Es lindo. No es pobre. Vienen en jeep de la República Dominicana, se llevan a los jóvenes dos veces al año. Los llevan a trabajar en el resort de al lado. Vienen turistas de todo el mundo. Los hacen trabajar todo el día a los jóvenes, los dejan viejos antes de tiempo y ahí los devuelven al pueblo a descansar. Está lleno de esos jóvenes sin fuerza en Banano. Pero es lindo el pueblo, tiene muchos árboles, muchas frutas de todos los colores. Yo la voy a llevar. Allá no va a tener que hacer nada. Mis sobrinos la van levantar en la silla y la van a llevar a todas partes sin que tenga que ensuciar sus pies en el suelo.

—Sé caminar, no te preocupes.

—No va a necesitar caminar. No va a necesitar pedir nada, si estira la mano se la van a llenar con toda la fruta que usted quiera. Yo soy de allá, madame. Todo el mundo conoce a mi papá allá, todos lo respetan, lo que dice se hace. Se pone sus botas y manda a todos.

—¿Es el alcalde tu papá?

—No, el alcalde es su primo. Mi papá es más que alcalde. Él no opina por opinar, por eso la gente respeta su opinión. Cuando dice algo se hace. Si hay que construir una calle o elegir a un representante le preguntan a él primero...

Incómoda con el entusiasmo ajeno, buscando la mejor posición en la cama, Carmen Prado termina por darle la espalda sin querer a su guardiana.

—Habla nomás. Es esta cama que es incómoda.

—¿Si no le interesa, para qué pregunta? Yo no me ofendo si usted no quiere saber, madame. Yo entiendo, hay muchas cosas que a mí tampoco me gustaría saber de usted, pero si me pregunta yo le tengo que responder.

—No me interesa tu vida, tienes razón, tampoco me interesa mi vida. No me interesa la vida de nadie. Puta que hace calor en esta mierda de clínica. ¿Cortaron el aire acondicionado? No tengo secretos, no tengo vida, no quiero tener tampoco, mis hijos me odian. No le importo a nadie, soy una pura molestia para todos.

—Usted habló con su hija, estaba preocupada por usted. Yo vi su cara, yo vi la cara del señor Niels. No hay teléfono aquí pero estoy segura de que llamó al señor Niels para saber de usted. ¿Es su única hija?

—No, tengo otra que me detesta. Bueno, no sé, yo también odiaría tener una mamá puta. Ella es bastante puta también, pero no lo sabe todavía. Quiere ser normal pero es vulgar nomás. No tiene vuelo. La Rita tenía, pero se la tragó el miedo. Todos tienen tanto miedo a puras cosas que no muerden, y tan poco miedo a las cosas que muerden de verdad.

—Pero el joven que vino acá era muy divertido, siempre con su traje de hombre rana.

Y Carmen Prado se ríe sola pensando en su hijo menor vestido para bucear. Tan gordo en el traje pegoteado a la piel, Ricardo, que llegó a Puerto Príncipe sin avisar y se hizo adorar por todos los sirvientes, los vecinos, las voluntarias de Médicos Sin Fronteras. Dulce, sonriente, su pobre niño, el pelo parado a contraluz, la calvicie prematura que le impidió ser rastafari. Pobre Ricardo, que no ha hecho otra cosa que rebelarse contra el niño serio y perfecto que coleccionaba música clásica y leía un libro por día, contra el niño que sigue siendo a pesar de sus gustos y aficiones por toda suerte de deportes, tragos, vicios, ondas y aventuras adolescentes. Empeñándose en ser, contra todo su instinto, joven. Buceando, tirándose en paracaídas, saltando en *bungee* con los ojos cerrados, su pobre niño dorado, intocable, la pasión por salir de la casa y no volver en semanas para finalmente regresar y devorar todo lo que encuentra en el refrigerador y de nuevo irse, arrastrado por cualquier grupo de piojosos felices que lo convencen de que con ellos no va a tener que pensar nunca más en la muerte. Convenciéndose como puede de que eso es ser feliz, hacer muchas cosas, moverse, no dejar ni un minuto de moverse.

—Él sí me quiere —aclara Carmen Prado—. Pero no es ninguna gracia, no sabe odiar a nadie Ricardo, ese es su problema, no juzga, todas las micros le sirven. Quiere a todo el mundo porque no le importa nadie en el fondo. Mis hijas son las que me odian. Tienen razón, soy tonta, Elodie, soy mala, soy perversa. ¿Qué estoy haciendo aquí en vez de estar en Chile cambiándoles los pañales a mis nietas? ¿Por qué me vine a operar a esta mierda de clínica? Yo nunca he sido flaca, nunca voy a serlo tampoco, nunca necesité eso, me he acostado con todos los hombres que me han gustado. No me importa el sexo tampoco, ni los hombres, solo el coqueteo, el juego. Con este cuerpo de mierda pegoteado de cosas, hinchado de puro esperar estupidez, hice todo lo que quise hacer. ¿Me arrepiento? Sí, no. Da lo mismo. Es una indecencia que piense en esto a esta edad. ¿Qué me costaría jubilar como la gente? Vivir en Providencia como le corresponde a una mujer de mi edad. Preocuparme de los nietos, hacer buenas obras, ayudar a alguien más que a mí misma. Soy mala, ¿viste?, soy el diablo en persona, no pierdas tu tiempo conmigo.

—Usted no es mala, madame, usted es buena. No es muy inteligente, pero es buena. Todos en la casa la adoran. Todo el tiempo hablan de usted.

—Pero la única que vino eres tú, que no me quieres nada.

—Yo no la conocía. Por eso vine, para conocerla mejor.

—¿Y qué concluiste? ¿Que soy la única huevona loca que se opera la guata en Haití?

—Me río con usted. Con la *signora* Marina no me reía nunca.

—Soy un payaso entonces, estoy aquí para hacerte reír. ¿Qué es ese ruido ahora?

Por la ventana se pueden ver varias retroexcavadoras amarillas que empiezan a rasguñar la calle delante de la casa.

—Eso es nuevo, señora. —Se levanta Elodie para mirar el espectáculo—. Van a echar abajo el muro, parece. Los quieren asustar a los *chiméres*. Los quieren poner nerviosos para que hagan una tontera y tomarlos presos.

—Pero si asustados ya están, lo único que van a lograr es ponerlos histéricos nomás. Ese ruido de mierda me duele hasta en los dientes. Puta los huevones torpes, esto va de mal en peor, no van a descansar hasta destruir toda la casa estos huevones de mierda… —Se recuesta sobre los almohadones que Elodie acaba de reacomodar. Un cansancio perfecto sube de sus entrañas. La toma por entero, la sensación extraña de saberlo todo, de haberlo sabido siempre, la casa, los *chiméres*, la fiebre que la obligó a venir hasta el fin del mundo a quitarse las entrañas para leer en ellas el futuro de su especie, la soledad que buscó y merece, los cerros llenos de fogatas que se pierden en el mar, el carnaval en que terminó por sacarse la cara junto con la máscara, desnudos sus nervios, sus músculos, sus venas abiertas al aire infinitamente cálido de Puerto Príncipe sin aire acondicionado.

—Los zombis son malos —decide de pronto—. Los zombis son envidiosos, Elodie. Los zombis no soportan que vivas. No hay que confiar en ellos. O no son malos, ni son buenos, Elodie, son tontos nomás.

Mal hechos, torpes, equivocados, enumera para sus adentros los defectos de los zombis, gente que no sabe morir a tiempo, gente que no sabe vivir tampoco, que por pura falta de rigor prefiere morir a improvisarse la vida. Esclavos sin fuerza de los que se burlan todos en su pueblo, que no hacen más que aparecer donde menos se los espera. Como Gabriel al fondo de un rayo de sol, esperando su turno detrás de los hombros de los demás muertos, Lucía, su papá, Naím que no está muerto pero tampoco está vivo, las sombras como enredaderas en la escalera, los ojos sin cara, y las caras sin ojos que la observan todas al mismo tiempo.

¿Eras tú? ¿Eras tú al final de todo? Su sonrisa fresca, el mechón transparente que le atraviesa la frente, la ironía o algo peor, ¿cómo se llama eso? El sarcasmo.

Eso es exactamente, el sarcasmo.

Todos estos años tratando una y otra vez, apareciendo y desapareciendo, marcando presencia, simplemente, como si fuera divertido, como si a alguien le divirtiera el jueguito. Un niño que trata de detener su auto en

Venezuela, la silueta que aplasta como puede con todos los faros, su risa que rebota entre los muros del estacionamiento del mall en Miami, un calor raro en el asiento de un bus. Eso que no alcanza a tener nombre ni cara pero que Carmen Prado sabe ahora que es Gabriel, ese detestable nombre de arcángel, esa cara, esa sonrisa angelical también, nunca me gustaron los rubios, demasiado blanco Gabriel, demasiado blando, el olor cuando suda después de tomar cerveza.

El olor de un hombre, lo primero que necesita gustarle, lo que nunca le gustó en su primer marido.

Tan pasado de moda Gabriel, con el botón del cuello abrochado, el pelito mojado, los ojos translúcidos, la sonrisa que dice todo, que no dice nada, Gabriel. No tenemos nada que hablar. Ya todo está dicho. ¿Qué más quieres que te explique, Gabriel? Por favor, ya estamos viejos para estos trotes. Pero él no es viejo, ese es el problema. Murió joven, antes de envejecer. Es lo que odiaba en él, lo que hace imposible la idea siquiera de enfrentarse con él, su incapacidad de envejecer, de explicarle una vez más que ya pasó el tiempo, que no le importa esa cosa transparente y empalagosa que era su marido, el padre de sus hijas, el comienzo de casi tantas cosas en su vida. No se parecen nada a ti, Gabriel, solo tienen tu nombre, miente descaradamente. Cuál es tu explicación inexplicable, cortado de mi vida como un brazo gangrenado, bendecido por una especie de completa distancia anterior al tiempo cuando estabas vivo, cuando estabas aquí ya no estabas, Gabriel, ya no importabas, ya no me dolías, ya eras lo que eres ahora, un fantasma que viene a reírse de los vivos que tuvieron la estúpida cobardía de seguir parados sobre dos piernas cuando tú ya habías inventado una forma más práctica de desplazarte.

Qué cansador eres, Gabriel, qué latero puedes ser cuando quieres, acepta suspirando Carmen Prado a ese vejestorio rubio que la obliga a volver a otro país, Chile, Santiago, 1965, otra luz, otro mundo, las casas bajas, los autos rojos, el cielo inmenso sobre los cables a contraluz. Los escarabajos rojos, el caballo que volviste loco a fuerza de jugar con las espuelas y la huasca para que parara en plena carrera, saltara y diera la vuelta delante de mí. Los veranos en el fundo, el pan amasado, la iglesia de Jesús Nazareno de la calle Manuel Montt donde llevabas a rezar a tus tías solteronas, todo eso mil veces muerto y desaparecido, casada, divorciada, vuelta a casar entremedio. No tienes nada que hacer aquí, no tienes casa, niños, país, puros recuerdos pendientes, los peinados de esos años en que nadie podía estar más de un año con el mismo color de pelo. El sol casi siempre sobre nuestras cabezas, el viaje de novios a Europa eternamente pospuesto para el año siguiente que nunca vino, el parto interminable de la Carmen Luz en el cual te dio por no estar, el de la Rita que no duró nada, los intentos de instalarse en distintos departamentos de Viña del Mar, donde el aire es más suave y la vida más fácil, decías, mentías tú, el año que pasaron en Curicó cuando te hiciste cargo del fundo de tu tío Edgardo. Lo fácil que era aceptar todo lo que Gabriel le proponía de un día para otro, socios, empresas, casas siempre nuevas, ideas siempre geniales, todo lo que con la mayor dulzura le ordenaba sin preguntarle, porque si él lo decía era así, porque si lo pedía él tenía que aceptar, sin dolor, sin amor tampoco, porque una cosa llevaba a la otra y la de más allá y eso es lo que ella quería, que por fin todo fluyera naturalmente, que por primera vez no tuviese que decidir nada por nadie.

Fácil todo porque quizás sentía que no duraría. Quizás lo eligió como primer marido por eso, porque sabía que se iría, porque ese era el pacto entre los dos, cubrirse, inventar una vida de adultos el tiempo suficiente para tener dos hijas, una casa, para dejar que los molestaran las hermanas, madres, tías, abuelas, toda esa ciudad que era como una sola y gigante parentela, de la que ella podría haber escapado pero en la que no sabe por qué quería justamente hundirse más y más, ser todo lo chilena que no podía ser, y de rebote no ser nada chilena, cubierta por la luz rara de Gabriel, hacer todo lo que hay que hacer con una sonrisa que decía también lo contrario.

«Casarnos, ¿para qué, para quién?», te pregunté cuando a pito de nada me lo propusiste con esa sonrisa de guirnaldas en llamas, como si fuera simple, como si fuera lógico, como si fuera eso nomás, decir casémonos y casarse. «Porque sí, por hacer algo», dijiste, y prometiste que no sería en serio, que iba a ser un juego, una broma más contra los tuyos, una etapa entre miles por la que había que pasar con los ojos cerrados, las manos atadas, las fotos en que mejorabas con el brillo de tu pelo mi silueta asustada, la sonrisa con que nos abrigabas a los dos, con que me convencías de que no era nada grave eso gravísimo que cometíamos a plena luz del día. Gabriel, Gabriel, mil veces Gabriel, hasta tu nombre era mentira, hasta tu fantasma desaparece más que los otros fantasmas.

Y la casa de tus padres en la calle Rosa O'Higgins, los domingos comiendo unas minúsculas empanadas preparadas especialmente para quedarse con hambre. Y el juego de adivinar siempre lo que iba a venir justo después, el pisco sour aguado que le sirve su hermano Carlos hablando de un cura del que está platónicamente enamorado, las bandejas que se le caen estruendosamente en la cocina a la Carmelita, la empleada centenaria que todos quieren, no se sabe por qué milagroso atavismo, que muera en su casa para enterrarla en el jardín.

«Mira a mi papá —le advertía Gabriel—, mira cómo se pone la servilleta para no mancharse el cuello de la camisa, que es lo único que le importa en la vida.» Y el desprecio con que su mamá trata los tomates con la punta del cuchillo, y la hermana a punto de llorar por cualquier frase incomprensible e hiriente que solo la madre sabe decirle a la pasada. Esa partitura llena de acentos secretos que le leía Gabriel cuando lograban encerrarse los dos solos. Como un sueño eso que se supone era la realidad, qué apasionante era ese aburrimiento milenario, esa casa llena de piezas prohibidas, tradiciones y reglamentos que solo Gabriel tenía derecho a violar. Un jardín chileno de una casa chilena, de una familia chilena, todo eso como un milagro para Carmen que venía de tan lejos, de tantas partes del mundo donde tenía que ser chilena, bandera en el frontis, agregado militar de uniforme, 18 de septiembre con empanada e himno en el jardín, la chilena del curso, sin saber muy bien cómo se hacía nada de eso porque en Turquía, en Brasil, en Bulgaria, en Italia, Chile era una idea, un mito que como hipnotizada visitaba por dentro, misas y parientes y campos, todo eso que Gabriel manejaba con elegante descuido, Viña del Mar y esa mezcla tan rara de viento y encierro, el Sporting, la calle 2 Norte con la 4 Oriente, pelucas de señora, cortinas a crochet, adornos de torta de mil hojas de manjar o huevomol, naranja si querías ser sofisticada, merengues si es que no. Me regalaste eso, una casa que no es mi casa, un país que no es mi país. Me enseñaste que no tenía nada que hacer aquí. La saqué barata. Me ahorré años de esperar, de desesperarme con un marido de verdad en un país de verdad. Me dejaste dos hijas, un vestido negro y una familia entera que me odia hasta el día de hoy. Era lo que buscaba, te lo agradezco. Cumplida la tarea no tenías otra que evaporarte.

¿No era ese el pacto, Gabriel? ¿No habíamos quedado en eso? ¿Qué quieres? ¿Por qué vuelves? ¿Por qué no paras de volver? No soportas que viva, eso es, no soportas que sea feliz, o infeliz, que simplemente viva tan lejos de ti. No soportas que me haya liberado de tu sonrisa, que no se te despega con nadie. No soportas lo poco que importaste en mi vida, que crees que es tuya eternamente, en la salud y en la enfermedad, como dijo el cura Aninat cuando nos casamos. No me enamoré, Gabriel, no te odié, te quise pero nunca me enamoré de ti, trata de aclararle Carmen Prado a ese muerto que no hace otra cosa que sonreírle completamente feliz en su rayo de sol.

¿Por qué se casó con él entonces? Uno no se casa con una persona, se casa con un minuto en el tiempo, son las circunstancias más circunstanciales de todas, el instante en que no puedes ya negarte a lo innegable, la fiesta del primer matrimonio de Lucía con Gabriel Larrañaga, el hermano Alfonso que se casó ese mismo año con la Raquel. Mis primas en masa, las primas de Gabriel también, esa misma primavera. La temporada de las bodas, la razón por la que el abuelo las mandó a Chile, aterrado de que se enamoraran de brasileños o de turcos y quedaran para siempre encalladas en el extranjero, como quedó él por lo demás. En Chile hay que morir, pensaba el abuelo, pensaba el papá, pensaba Carmen también. Morir y casarse. «Fíjate, cómo te mira, te está mirando a ti», como después Naím, como después el danés, son ellos los que miran, son ellos los que toman, también los que olvidan. No, nadie olvida nada. Eso es el problema. El amor se acaba, el odio se acaba pero no llega el olvido. Quizás otra gente tiene derecho a eso, yo no. Si me eligen, si me sacan a bailar, si me liberan del horror de planchar en las fiestas, quedan marcados por una eternidad entera, un baile sin fin donde siguen con la misma sonrisa que no se sabe si es de ganas o de miedo.

Míralo, mira, te está mirando. ¿El marido ideal? El novio que todas sus compañeras de curso querían tener. Todas menos ella. ¿Qué tengo yo que ver con ese huevón desesperado y entusiasta, carcomido por la pura idea de ser intocable? Esa sonrisa perfectamente burlona, ligeramente alemanota que hubiese reventado feliz con una piedra, como a una jaiba recién hervida. Impredecible, nunca sabías dónde terminarías cuando te subías a un auto con él. Siempre una idea de último minuto, alguien que ver que no conoces, curas, profesores, amigos, enemigos. Impecable, tomando como un cosaco, rezando como un santo cuando estaban las tías monjas en la casa, empujando a los amigos a empelotarse todos en el segundo piso, ese entusiasmo incendiario, esa impunidad total de cuando éramos reyes en Chile. La necesidad permanente de mostrarte, de moverte, Gabriel, llenando cualquier espacio de amigos a toda hora, sonriendo, burlándote cuando parece que te alaban y alabándote cuando parece que se burlan, adorable, adorado por tu familia, por amigos, por desconocidos que conocías en la micro y acompañabas a su casa para resolverles los problemas.

Por suerte no vivió más que el comienzo de la Unidad Popular, y Allende, y el pueblo unido jamás será vencido, por suerte se murió antes del Golpe, se habría hecho mirista como mis hermanos o de Patria y Libertad como sus primos, o las dos cosas al mismo tiempo, cualquier cosa con tal de probar su cuerpo, de poner en juego su suerte, con tal de que lo vieran las masas embanderadas, cualquier cosa con tal de verse quemado en agua viva, como si supiera que lo suyo era morir antes que todos, morir para no desaparecer, para aparecer sin fin ni comienzo en mi vida que no te necesita, Gabriel.

Cómo te odiaba, sin atreverme siquiera a la idea de que eso es lo que sentía al convertirme en tu novia, tu esposa, tu viuda, la curiosidad infernal de estar cerca, más cerca para ver cuándo estallarías en mil pedazos. Feliz, inconfesablemente feliz cuando las predicciones de todo el mundo se hicieron realidad y moriste joven, sonriendo como un imbécil al volante de esa camioneta roja que no chocó con nadie finalmente.

Un milagro que salió hasta en el diario. Muerte sin dolor, una malformación congénita, el corazón mal terminado que podía pararse en cualquier momento sin avisar, sin dejar rastro en su sonrisa al volante.

Hasta el último minuto preocupado de no herir a nadie, dijo el cura Infante en la misa de difuntos. Un milagro de responsabilidad y equilibrio, una especie de santidad inexplicable, morir sin ruido, morir sin chocar en plena carretera. Hasta en el accidente fue perfectamente perfecto. «Pucha, qué pérdida más grande, ¿no?, pero murió en paz por lo menos.»

La paz, la paz, «mi paz os dejo, mi paz os doy», dice el cura, y todos se dan la mano y se sonríen. Cómo odiaba la paz, cómo necesitaba la guerra yo. Viuda virgen con sus dos niñitas preciosas, a las que los feligreses se sienten en el deber de regalarles un pavo en Navidad, una mensualidad el resto del año en las Monjas Francesas para los útiles escolares, además de la beca, y un profesor de piano para desarrollar el talento de la menor.

«¿Para qué vas a trabajar, mijita? Cuidar a las niñas es un trabajo también, a ti no te va a faltar nada en la vida mientras estemos nosotros.» Dispuestos a pagar lo que sea con tal de mantener intacto el santuario. La viuda impecable con su impecable hija menor en los brazos, la otra hija impecable mirando el suelo cuando la saludan demasiado. Eso iban a ver a mi casa, la paz en una campana de vidrio de antes de la Unidad Popular. Tu entierro fue una fiesta, Gabriel, la última fiesta de un país que ya no existe, porque después de ti vinieron las colas, las expropiaciones, los milicos, y nadie más fue limpio y nadie más fue libre. Toda esa agitación de la que me salvé porque tenía tu muerte y a las niñitas que cuidar, porque antes de que empezara la guerra yo había tenido mi batalla y no podía hacerme ilusiones de que para bien o para mal Chile cambiara de piel, de que algo más importante que la muerte en mitad de mi cuerpo pudiera ocurrir.

¿Cómo lo hiciste, Gabriel? ¿Cómo pudiste morir así? ¿Cómo pudiste hasta en la muerte hacer feliz a esa familia que nunca supo lo mucho que te burlabas de ella apenas daban vuelta la espalda? ¿Cómo, sin hacer nada más que morirte, cumpliste su sueño de convertirte en símbolo, monumento, ejemplo de lo que antes y después de ti no fue posible, morir dejando felices a los que abandonabas? El pelo de la viuda que brilla como nunca la mañana de los funerales. Así me dejaste, bendita, intocable, recién parida, la leche derramándose de mis tetas bajo mi vestido negro imprudentemente ceñido. Mi cuerpo necesita que lo miren, que lo toquen, porque veintitrés años son los que acaba de cumplir. Viuda antes incluso de entender con quién se había casado, linda justo ese mes de octubre, su cuerpo acaba

de recuperar su forma después de una lucha encarniza-
da con los kilos de más de los embarazos, ¿para quién?
¿Para qué, Gabriel? Muerto tú, intocable yo para el resto del mundo, la Rita recién nacida a quien todos miran
con espanto reír en los brazos de su mamá, que brilla
tanto como tiembla, que no sabe qué decir.

No era mucho lo que se te pedía, Gabriel, solo que-
darte. Aunque quizás sea justamente lo más difícil que
se le puede pedir a un hombre. Tú no podías, tuviste
apenas el coraje de pedir mi mano, de casarte conmigo,
la audacia de preñarme justo a tiempo, de buscar después excusas para cambiarnos de casa, de ciudad, de
empezar una y otra vez nuevos negocios, o estudios.

No se puede ser vivo y heroico siempre, no se puede vivir y tener la razón. Quizás lo sabías, como sabías
que no tendrías que pasar por todo eso, envejecer, mentir, mancharte, humillarte. Los tubos que salen de mis
venas ahora, las heridas por todo el cuerpo, eso es lo que
te gusta, Gabriel, tenerme así, indefensa, aplastada entre
las bolsas de suero y drenaje, los parches donde la sonda
se hunde en la piel, la percha donde va a colgar mi orina, mis restos vitales, como una cruz ante la inminencia
de un vampiro que hay que alejar como sea.

«¿Alguien sabe algo de Carmen Prado?»

«La vi el otro día atravesando la calle, colorina, espantosa, parando un taxi en Pedro de Valdivia con Bil-
bao.»

«Me contaron que anda con un turco.»

«Pobres niñitas. Eran tan lindas, ¿te acuerdas?»

«Siempre fue media loca esa niña.»

«Es de familia. El abuelo era un siútico, acuérdate, lo mantenían lejos de Chile para que no dejara la cagada política.»

Tu venganza fue el corrillo de pelambres en Santiago que me mantiene todavía lejos de mi país, que era tu país al final, las sonrisas forzadas o las amigas que directamente daban vuelta la cara cuando yo pasaba. Marcada como una vaca de tu establo, para siempre pecadora a los ojos de los primos, los compañeros de colegio, de universidad, de la Parroquia Universitaria, fui expulsada del Reino por la muerte de Gabriel. Eso lograste, Gabriel, exiliarme de mi país, quitarme la tierra bajo los pies, dejarme como tú, flotando a dos metros del suelo. Obligada a vivir en el limbo como tú, porque eso era Estados Unidos, Dinamarca, Venezuela, eso es Haití al final, una isla flotando sobre el resto de la Tierra, una forma de morir también, un pacto de no agresión, el permiso para seguir pariendo donde nadie me viera hacerlo. El tajo, la matrona, el sudor, el dolor que da a luz mi propia grasa, una muñeca de cera sin ojos ni boca que abrazar en la oscuridad. Marcada por alguna señal en la piel, fui para Chile tu esposa hasta después de que la muerte nos separó. La muerte que no separa nada, Gabriel, la muerte que tampoco une, que solo pasa como una niña distraída por entre los muebles del salón feliz de que nada la toque, como si hubiera una victoria en pasar sin rastro.

¿Lo querías más a él que a mí?, preguntaba de repente Naím a pito de nada. ¿Lo querías? No digas que no lo querías, eso es aún más terrible para mí.

No lo quería. ¿Qué tiene de terrible, Naím? Está muerto, no hay nadie más muerto que Gabriel en el mundo. Tú estás vivo, estás conmigo, es lo único que importa al final.

¿No entiendes? Si no lo querías a él, tampoco me vas a querer a mí cuando me muera, respondía Naím como si supiera lo que era inevitable, que ya en vida también él dejaría de existir para Carmen Prado, que por más que se esfuerce no logra ver más que su silueta volviendo a la casa de Pittsburg llevando entre los brazos kilos de pan recién horneado.

Da igual, le aclaraba a Naím cada vez que podía. No importa él, todo empezó contigo, la de antes no era yo, era una idea, una tontera, un capricho. Por ti cambié de país, Naím, por ti tuve un hijo cuando ya no me interesaba quedarme embarazada de nadie. Tuve un niño contigo, Naím, mírame a los ojos. Mi apellido se pierde en la nada, el tuyo se queda con mi hijo. ¿No te basta con eso? ¿Quieres que le ponga tu apellido a las niñitas? ¿Quieres que use como las gringas tu apellido en vez del mío?

No es eso. No quiere eso. No, no basta. Nada era suficiente. Ante Dios se había casado con Gabriel, da lo mismo si fue en broma, si fue sin saber lo que hacía, esa es una verdad definitiva. Ante Dios, que quizás no existe, Elodie, pero sabe todo. Ante Dios, es decir, ante los muertos que no mueren, como Gabriel que sigue aquí, que no la abandona, que sin tocarla, sin acercarse ni alejarse, está aquí.

Aquí, aquí, ¿qué quieres? Tú sabes que Naím es inocente, Gabriel, tú sabes que soy inocente yo también.

Tenía que saltar, no me quedaba otra que hacerlo con ese pobre niño que no tenía la astucia suficiente para ver el peligro que le esperaba al casarse con tu esposa. No lo culpes, déjalo envejecer tranquilo en Florida con su guatona dominicana. Respétalo, aunque sea un rato. Crió a tus hijas, alimentó a tu esposa, bendícelo, protégelo, Gabriel, en vez de perder el tiempo conmigo que ya no soy sino una bolsa rota de palabras chilenas derritiéndose en Haití, de recuerdos que no sé en qué lugar del mundo poner.

Te salvaste de vivir el invierno, Gabriel, déjanos respirar, morir, dormir siesta, despertar asustados en medio de la noche. Déjanos vivir sin acordarnos de que estamos vivos. Déjalo a él, por lo menos, que no entiende que pasó, que llegó tarde a la historia, que solo tuvo la mala suerte de querer adoptarme como si fuese huérfana y no viuda, como si fuera yo la niña que llevaba en brazos la primera vez que me habló en la calle.

Ahora ve que es eso lo que ha hecho todos estos años: defender a Naím de la sombra de Gabriel, que la tiene a su merced por cansancio, inválida, amarrada por todos lados, cagada de las entrañas para afuera. Me alcanzaste, Gabriel, solo porque ya no puedo correr a ninguna parte. ¿Eso esperaste todos estos años, que dejara de correr? Qué patético final para tu carrera de seductor, una pobre enferma en su lecho de muerte que no puede negarte la carcasa inservible de sus huesos de la que cuelga la carne que le dejó la Pantera.

¿No tienes algo mejor que hacer? ¿No tienes alguien más divertido a quien atormentar? Pero sabe Carmen Prado que no hay salida, que está tan obligada ella a Gabriel como Gabriel a ella. Eso es el matrimonio, una cadena alimenticia que deja con hambre a todos los eslabones. Eres mi esclavo tú también, Gabriel, estás aquí porque no lloré por ti en tu entierro.

Nadie lloró.

Tratamos, hicimos el esfuerzo pero no nos salió. Emocionados por tu entrega, impresionados por tu acrobacia final, no lograste ni una lágrima, por eso no te mueres del todo, por eso no te vas. Porque todavía no lo logras, Gabriel: conmover verdaderamente a alguien sí puedes hacerlo, pero no convencerlo de que fuiste lo que nunca fuiste: un hombre.

Y Carmen ve que solo esta verdad altera la tranquilidad perfecta de Gabriel, hombre de otra época, cuando no ser un hombre era lo más grave que podía haber. Un pestañeo nervioso, una mueca en los bordes de los labios que ahora duelen.

O eso quiere suponer, porque su sonrisa es la misma, su presencia es igualmente tenue, su silencio igualmente indignante que hace un minuto, para siempre alojado en el mismo pasado intocable…

Y la lluvia de pronto, desconsiderada como todo aquí en Haití, cae. La primera lluvia del nuevo Haití sin Aristide, como una sola cortina de agua que detiene el tráfico, las fogatas, las citas furtivas, a los soldados, a los *chiméres*, todos igualmente encerrados tras las ventanas de sus casas, esperando que baje la intensidad del diluvio que no hace otra cosa que crecer.

¿Eso era todo? Lo que ha vivido estos días, la humedad suspendida en las paredes de la clínica, las nubes gruesas viajando por el cielo, el clima de amenaza que termina en la violencia simple del agua limpiando las canaletas de las casas, las escaleras, las rejas, los maceteros, los gomeros, las enredaderas, las orquídeas, las raíces a la vista de los árboles, todas sus hojas convertidas en trenzas de barro que bajan por esas calles que no existen hasta explanadas que tampoco existen, olas, lagunas, un barrial, un lago entero donde se hunden sin piedad familias enteras de carritos y bicicletas.

Te ríes, Gabriel. Mira cómo llueve, mira cómo se enoja contigo Dios, o el diablo, o la naturaleza, cómo no quieren nada más contigo. Ya sé, me vas a decir que no vienes a vengarte, no vienes a ganar, solo a molestar, a inspeccionar tus pertenencias. A aprovecharte del pánico para alimentar tu gigantesco ego sonriente que no quiere admitir que ya perdió, que estás muerto, que tus hijas, tu esposa, ya no son tuyos. Pero aquí estoy, Gabriel, medio muerta, medio viva solamente, pero dispuesta a dar la pelea hasta el final, suspira Carmen Prado, heroico mascarón de proa recibiendo toda la espuma del mar en su pecho. Dispuesta a pelear por los vivos, los resucitados, los desheredados de la Tierra, imbuida de su propio heroísmo imaginario, limpia Carmen Prado de cualquier culpa con esa lluvia violenta como un abrazo.

No es mi culpa, Gabriel, cuando te conocí ya te ibas yendo. No guardé el duelo, es cierto, traté de sufrir, sufría a veces, pero no lo suficiente, tenía razón mi suegra, se me notaba demasiado el alivio. Como un payaso que hace equilibrio en el borde de la cornisa, hiciste todo eso para impresionarme a mí, Gabriel, pero te caíste en plena sonrisa, no pudiste terminar ese chiste que te salió demasiado bien, manejar muerto en plena carretera. Y es cierto que me casé de nuevo demasiado pronto, y las fronteras, los aeropuertos de medio Estados Unidos y de toda Venezuela para no pensar más en ti. Tu muerte me partió en dos, en tres, en mil, hasta eso me quitaste, una muerte para ti solo. Y yo viva, abrazada a la almohada, llorando sin gemir para no despertar a nadie.

Te odié, te pedí, te recé, Gabriel, te amé, si se puede llamar amor a todo eso. Egoísta de mierda, hijo de puta desconsiderado, te quise, desesperadamente te quise. Ya, lo dije. Déjanos vivir tranquilos ahora, déjanos morir como la gente pobre, déjame parar de jugar a que te olvido, déjame olvidarte de verdad, Gabriel. Eso nomás te pido, cinco minutos enteros de olvido total...

Veinte segundos, treinta, un minuto, y el silencio que la lluvia subraya. Y el perfil gris del paisaje cubierto por una pantalla de humedad que lo convierte en irreal.

Elodie y Carmen Prado detenidas en medio del diluvio. Cinco minutos que se convierten en diez, quince, veinte.

—Está lloviendo mucho —se sorprende Carmen Prado cuando pasa media hora, una, dos, en este país donde nunca llueve más de quince minutos seguidos—. Si sigue así se va a inundar todo —dice a Elodie, que lo sabe mejor que nadie.

—Mejor, madame, así nos puede venir a buscar en barco monsieur Niels y se ahorra todo esto de los soldados. —Y la cocinera se ríe de su propio chiste.

Esa cara redonda de niña, piensa Carmen, que no entiende cómo pudo parecerle alguna vez temible la cocinera que es ahora la única amiga que tiene en el mundo.

—No hagas chistes, por favor, Elodie —consigue por primera vez el tono del ruego Carmen Prado—, no estoy bien, Elodie. Me siento pésimo. Estoy mal de verdad, no te burles. Todo está enredado, todo está al revés, no sé dónde estoy, vivo mareada, hablando con los muertos que llegan, se van, ¿qué se creen? Eso no es normal, Elodie, eso no está bien. Y yo no quiero morir, no quiero ser como ellos. No me dejes morir, no dejes que me maten por favor, por favor —le toma la mano tibia a la cocinera como si sentir la tibieza de sus venas pudiera resucitar la tibieza de las suyas.

—No se preocupe, madame. —Le acaricia rítmicamente el pelo la cocinera—. Si estuviera muerta ya lo sabría.

—¿Dónde estoy, Elodie?, ¿qué estoy haciendo aquí? No me digas que es Haití, eso no significa nada, esto no es normal, esto no es sano. Estoy fuera del tiempo, no tengo cómo respirar. No me invitaron a la fiesta, me dejaron en un hoyo en el ombligo del mundo. ¿Por qué yo? ¿Por qué aquí? Llueve afuera, es lo único que sé. Es lo único por lo que sé que no estoy en el cielo, porque en el cielo no llueve.

—No tenga miedo de nada, madame. Está viva y muy viva usted, míreme a los ojos. No puede morirse usted. Aunque trate, está salvada, madame. Nadie la puede tocar aquí. —Y le toma el brazo, que desnuda con su mano—. ¿No ve? Mire.

—¿Qué?

—Usted no es blanca. Es negra, tan negra como yo.

—¿Cuál es la gracia de ser negro, por favor? Lo pasan pésimo los negros. Es la peor desgracia ser negro en este país.

—¿No entiende, madame? Nosotros no morimos como los blancos. Nos pueden poner hierro en las manos y en los pies, nos pueden marcar la espalda, nos pueden matar mil veces pero no morimos como ellos al final. Tenemos la piel más gruesa, se nos secan las heridas antes. Mire, toque, apriete fuerte…

Elodie presiona con fuerza un dedo contra el brazo de la enferma, dejando una huella blanca que vuelve lentamente a su tersura anterior.

Y el silencio en que la lluvia sigue cayendo sin comentarios parece cumplir el pacto: los muertos que no logran matarla, solo preguntarle cuándo irá a verlos. ¡Nunca, nunca!, repite indignada Carmen Prado sin lograr espantar los tenues reclamos de sus muertos, que no gritan, que exigen con su sola paciencia terrible, que la muerden de pura elegancia. Es su papel, se resigna a despedir a los muertos, darles esa última oportunidad de aclarar lo que nunca queda del todo claro, su lugar en la tibieza del aire, su terrible vocación de desperdicio, el hecho terrible y normal de que la vida sigue sin darle explicaciones a nadie.

¿Qué quieres que te explique, Gabriel? ¿De qué quieres que me disculpe? Ya pues, dime. Manda, yo obedezco, prometo obedecer esta vez. ¿Dónde estás? Y ahora busca sin encontrar al fantasma de su primer marido. Ni su imagen de pronto, ni su sonrisa, ni el rastro de su presencia en el aire. Un filtro que le falta a la cámara, la claridad completa de la realidad real. El muro, el suelo, la ventana abierta por donde se ve la lluvia que sigue cayendo constante pero ya sin rabia, como si llevara haciéndolo durante siglos sin interrupción, ni tempestad, ni viento, como una sola línea continua de agua, la máscara de hierro de un rey preso que ya no se resiste al cautiverio. La realidad de una página llena de letras que no significan nada, pero ante la que tampoco puedes agregar algo nuevo.

El silencio completo, total, perfecto donde no estás, Gabriel.

—¿Adónde se fue este gallo? Estaba aquí hace cinco minutos, Elodie, te juro.

Aquí, sonriendo, exigiéndome cosas al borde de la cama. Se puso a llover y se fue. Tan raros, tan simples que son los hombres. Le dije que lo quería y se fue. Pobre tipo, atravesar la muerte, cagarme la vida en tres continentes, solo para que le dijera que lo quería…

—No lo llame, no le diga nada, mejor, deje que se vaya tranquilo —le aconseja Elodie, expulsando con su mano gruesa cualquier rastro de la invisible presencia del muerto.

—¿No está ahora? —La boca apretada de la cocinera, sus cejas redondas que no quieren confirmar que ella entiende todo, que sabe incluso lo que no sabe, que estuvo antes, que estará también después, pero que esas cosas no se gritan, no se dicen, no se susurran siquiera—. ¿Estás segura de que se fue? —le pregunta a Elodie, que aprueba con la cabeza para asegurarle que el terreno quedó libre—. Me salvaste de nuevo. ¿Para qué haces eso? Nadie te pide nada. Vienes de la nada y los echas a todos. Eres mi guardiana, mi chaperona, eres una santa, ¿viste?

—No soy buena, usted no sabe nada de mí, si supiera no diría eso.

—¿Por qué insistes tanto en querer ser mala, mijita? ¿Eres monja? Di la verdad, ¿eres una asquerosa monja infiltrada que se hace la atea? ¿Te mandó el Papa en misión secreta? Te descubrí, te cagué. No te rías, no pongas esa cara, yo sé todo, tenía una tía así, una monja espía vestida de civil que trabajaba en Impuestos Internos.

—¿Impuestos Internos? —pregunta Elodie, intrigada.

—Una cosa chilena, da lo mismo. Funcionaria, oficinista, eso era mi tía Laura. Ella sí que era buena. Buena pero testaruda, los ojos azules, rubia, alta, preciosa, vivía atormentada pensando cómo rechazar a los pretendientes cuando le pedían matrimonio. No les podía decir que era monja hasta que ellos le pedían matrimonio. Hacía cruces sobre la comida a escondidas. A mí me gustaría rezar a escondidas como mi tía. Me gustaría ser como ella: monja espía. Pero viajé demasiado, mi vida es demasiado complicada para poder creer en algo; si pudiera comulgaría feliz, pero tendría que confesarme primero. No sé qué día es domingo, no sé, voy a estar a la hora de la misa y me da una lata negra confesarme. Me liberaría, te apuesto, me haría bien, estoy segura de que me salvaría al final. Seguro que las monjas pueden hacer eso ahora. ¿Por qué no tratamos? Si no es legal lo legalizamos después con un cura.

—No soy monja, señora. Yo sé lo que son las monjas, vivía con ellas en el internado en Jacmel. Ahí es donde empecé a ser mala.

—¿Mala cómo?

—Mala, mala.

—¿Qué tipo de maldad?

—Casi quemé el internado una vez.

—¿Cómo?

—Les dije a todas mis compañeras que trajeran un fósforo de su casa para quemar el colegio.

—¿Y lo quemaron?

—No. Era de piedra, no se podía.

—No eras mala, mijita, echabas de menos tu casa, eso es todo. Los malos eran tus papás que te mandaron a un internado.

—No, todo el mundo va al internado en Banano. Yo era distinta, madame, le aseguro. Yo era la mala.

—¿Qué más hacías?

—Todo, madame, robaba comida, les pegaba a las nuevas en el patio, dibujaba sobre las Biblias, fumaba en los recreos. Las monjas no sabían qué hacer conmigo. Yo prometía no volver a hacerlo, yo quería no volver a hacerlo, pero lo hacía de nuevo, y de nuevo, y de nuevo. Y de nuevo me retaban, y de nuevo me castigaban, pero a mí no me dolía, no me asustaba nada. Me daba lo mismo todo. Tenía el demonio en el cuerpo, ya se lo dije. Si no fuera por la madre Whillermina habría terminado en la cárcel.

—¿Y quién es esa?

—Una monja que vino de Holanda especialmente, cuando casi todas las otras monjas eran haitianas. Pero eso es mi vida, señora, se supone que a usted no le interesa mi vida. —Sonríe victoriosa Elodie anudando los brazos bajo el pecho, esperando el ruego de su víctima.

—Cuenta, pues, no seas pesada, cuéntame todo.

—«Yo soy como tú —me dijo la madre Whillermina—. No eres mala, no eres buena tampoco. Necesitas probar que las cosas son lo que son. Solo sabes que la madera es madera si la quemas. Quieres saber de verdad de qué están hechas las cosas. Para eso necesitas romperlas. Es como una alergia a las cosas que se terminan lo que tienes, la gente buena te hace rascarte la piel hasta sacarte sangre. No tienes paciencia, yo tampoco tengo. En este colegio me aburro mortalmente. No tengo nada que hacer. Yo no vine a Haití a castigar a niñitas que se enamoran de niños tontos. Yo me voy a ir, y tú vas a venir conmigo. Necesito a un ayudante. No te estoy preguntando si quieres venir o no. No tienes opción. Te van a expulsar del colegio si no vienes conmigo. Tengo tu carpeta sobre mi escritorio, una sola firma mía y te vas a la calle. A tu papá no le va a gustar. Soy tu última oportunidad sobre la tierra. Haz lo que te diga, no preguntes por qué, hazlo nomás, no hables mucho, despierta temprano y sígueme». Todo eso me dijo, madame. Me pedía cosas fáciles al comienzo, la madre Whillermina, llevar la Biblia, la cruz, los remedios, limpiarle los ojos con un trapo húmedo cuando el polvo le cerraba los poros después de un día entero en el tierral, donde la gente duerme en cajas de cartón. Pensaba que era el final para mí, que estaba perdida. Me daba lo mismo, no tenía otro plan. Fui con ella. Hice lo que ella quería. Dejé de pensar y fue mejor todo. Eso es lo que necesitaba, eso era lo que quería, no pensar en nada. Después nos fuimos más al norte, donde no hay colegios ni hospitales y la gente vive sin camisas. Vi las cosas más terribles, las más lindas también, madame, partos, cuerpos cortados en dos, heridas llenas de bichos que se comían la carne del enfermo. «¿Tienes miedo?», se reía siempre de mi cara la madre Whillermina. Yo resistía para ganarle cuando entrábamos donde los leprosos, los tatuados, las casas quemadas con toda la familia adentro convertida en carbón. No tengo miedo, le decía a la madre. No tengo miedo, aunque temblara de asco de la cabeza a los pies, aunque cerrara la boca con fuerza para que no me entrara una mosca. Tanto repetí que no tenía miedo que terminó por ser verdad. Sentía asco, ganas, hambre, pero no miedo. Era lo único que no pedía. No me decía nunca lo que tenía que hacer, cómo tenía que portarme, y no le importaba mi opinión. No tenía que estudiar ni leer, ella inventaba las notas y las mandaba al colegio, madame. Ese era el juego, no decir nada, no hacer más que lo que tenía que hacer, limpiar heridas, cambiar vendajes, buscar a niños perdidos, reconocer cadáveres quemados, escuchar las lágrimas o las risas de los delincuentes riendo con todos los dientes amarillos. La madre Whillermina no los denunciaba a la policía, no les decía nada, no los juzgaba, los miraba, los ayudaba. Hasta que un día me dijo: «Ya eres grande, te puedes ir». Me firmó el certificado como si hubiera estudiado todos los años. Yo le dije que me quería quedar, ella me dijo que no me necesitaba. Ni una sonrisa, ni un abrazo, ni gracias, ni por favor, ni perdón, solo adiós. Otra en mi lugar, y otra después, yo no era más que un accidente. Me fui a Banano, encontré a Jeannot y me casé. Después me separé, después me volví a casar con Nataniel, me vine a Puerto Príncipe, conocí a Guy, me puse a trabajar con la señora Elena Cortínez de Venezuela, luego con la *signora* Marina y ahora con usted. ¿Quería mi vida, madame? Esa es mi vida.

—¿Y la maldad? ¿Dónde está la maldad en todo este cuento? —se sorprende Carmen Prado.

—Estaba castigada, señora. Por eso andaba con la madre Whillermina, por mala.

—Por favor, Elodie, te pasaste la juventud llevando la Biblia a la cárcel, limpiando a leprosos, mojando con agua bendita a las putas menores de edad, cambiándole los pañales a asesinos en serie; si tú no eres monja no es monja nadie.

—Las monjas lo hacen por Dios. Yo lo hice para conseguir el certificado de estudios.

—Da lo mismo. ¿Cómo no te das cuenta? ¿Tú crees que a Dios le importa tu certificado de estudios? ¿Cómo puedes darte el lujo de no creer en Dios si Dios vino especialmente de Holanda a salvarte a ti y solo a ti? Te salvaron, te eligieron y tú te permites no hacer caso, ¡puta la perra malagradecida!

—No me salvó Dios, madame, me salvó la madre Whillermina.

—Es lo mismo. Trabajan juntos. Ya pues, deja de mirarme así. ¿Qué sabes tú? ¿Cómo puedes estar tan segura de todo tú? ¿Qué te da el poder de decidir dónde está o no está Dios?

—Yo no decido, madame, yo solo veo.

—¿Qué ves? ¿La nieve en Canadá? Pero cómo no te das cuenta de que esa es la prueba máxima de que Dios existe. Eso solo se le ocurre a Dios, el chiste cruel de que puedas no creer justo cuando te lanza en la cara la prueba de su existencia.

—Si Él no quiere que crea, yo estoy siendo obediente. Estoy bien entonces, según usted.

—No te rías de mí, Elodie. No es sano lo tuyo, lo sabes perfectamente. Tú tienes una pelea personal con Dios, quieres que te pida disculpas por ser tan elegante, te carga la única huevada buena que tiene, su asquerosa discreción, la manía que tiene de no probar directamente su existencia.

—¿Cómo voy a estar peleada con Dios? No lo conozco. Me encantaría conocerlo. Todo el mundo habla tan bien de Él. Si viene aquí lo voy a recibir con todos los honores, madame. Nosotros respetamos a los ancianos aquí en Haití.

—¿Anciano? No seas falta de respeto, cabra de mierda.

—¿Quién es más anciano que Dios, madame? Estaba aquí antes que los faraones, imagínese.

—¿Cómo va a venir si te ríes todo el rato de Él?

—No me río más, se lo juro. Dígale que venga. Llámelo usted. Que venga ahora mismo.

Abre la mano entera al final del brazo que levanta hacia la ventana como invitando. Y la lluvia, obediente, se detiene de pronto frente a la clínica de la fugitiva doctora Colette Renaudot. Un minuto o dos de completo silencio en que ambas mujeres se quedan mirando hacia el cielo raso, esperando que eso que saben que no puede suceder suceda. ¿Qué?

¿Una nube? ¿Una luz rara? ¿Un anciano con la barba interminable? ¿El diablo con todo y sus cachos y sus fuegos? Más y más segundos de silencio, escuchando los bocinazos y los gritos con que los haitianos recuperan tímidamente el control de la ciudad, la normalidad, esa cosa llena de colores que vuelve tras el diluvio.

—No va a llegar así —explica Carmen Prado, la voz aún temblorosa por el desafío—. No es tonto Dios, no va a estar jugando a que estamos en Hollywood. Es más complicado que eso. Aparece donde menos se lo espera. Ha tenido muchas decepciones en la vida. Le habló a Abraham, que se casó con una vieja estéril, se le apareció a Jacob, que se peleaba con todo el mundo, le habló al tartamudo de Moises, que estuvo cuarenta años viajando con unos judíos testarudos por el desierto. Se cansó después de eso, imagínate, la última vez lo crucificaron, uno se pone más selectivo después de eso.

—Pero resucitó. Duele menos que te crucifiquen si después vas a resucitar.

—Duele igual. Las manos, los pies, que te pongan clavos en los huesos no es rico para nadie nunca. Yo también resucité según tú, y me duele hasta el pelo. Tengo el cuerpo cortado en tres como con un hacha, no sé cómo caminar ni un metro, no sé qué es verdad y qué no, tengo como diez mil años en cada pierna. Yo entiendo perfecto a Jesús. Es terrible resucitar, mijita, yo no lo hago dos veces.

—Pero usted no es Dios, madame. —Sonríe con todos sus dientes la cocinera.

—¿Por qué vives como si creyeras, si no crees en nada? —Logra Carmen Prado volver a la seriedad teologal con que oían caer la lluvia hace unos segundos.

—Yo vivo como puedo, madame. Soy la cocinera de su casa. Soy de Haití, yo no elijo como vivo, yo vivo solamente.

—No seas maricona, Elodie, no me mientas a mí. Dime la verdad, somos amigas ahora, estamos solas en este hoyo de mierda, no hay nadie más. Dime la verdad, nadie te va a denunciar. ¿Por qué no crees si crees en el fondo? ¿Por qué eres buena si puedes ser mala?

—Murió la madre Whillermina. Iba caminando por el campo y le dio un ataque. Quedó paralítica. Prohibió que la devolvieran a Holanda, y después de un mes enferma se murió. Fui al entierro, estaba lleno de gente, fue como una fiesta. Estaba toda la gente que creía haber sido única para ella, pero nadie era único. Todos dejábamos de existir cuando nos firmaba el certificado de estudios. Todos éramos para ella la misma cosa.

—¿Por eso no crees en Dios, porque no quería a nadie en el fondo tu monja, porque te usó para irse al cielo? ¿Eso es? ¿Te decepcionó Dios, por eso no crees en Él?

—Cuando estaba con la madre Whillermina tampoco creía, madame. Ella trató y yo traté de creer también, pero nunca pude. Cuando terminaba el día, lleno de moribundos, crímenes, niñas embarazadas de sus papás, ella me decía: «Todo eso es Dios, ¿te das cuenta, niña?». Y yo pensaba que si está en todas partes, si todo es Dios, ¿para qué perder el tiempo buscándolo? Pero no me atrevía a preguntarle. ¿Para qué quererlo si está aquí siempre? Si es todo, si lo tiene todo, ¿por qué quiere siempre más?

Y no solo el horror, sino también su contrario, la belleza del crepúsculo, y el milagro de respirar el mismo aire, un lugar en el tiempo sobre el que pararse a contemplar lo que fue y lo que será. Las playas alrededor de Gonaïves, los niños jugando fútbol en la arena al atardecer, el mercado de flores muertas, los mangos frescos que te regalan al final del día de feria. Demasiado lindo todo para que lo haya hecho una sola persona, pensaba Elodie, si fuera yo el diablo lo haría todo igualito. Con todo el sol y los barcos como en las películas, para engañar a los incautos. El mar y el sol que desciende hasta perderse en el mar más azul del norte de la isla, las velas de las barcazas de los pescadores a contraluz, el brillo sobre las olas que mueren sin casi moverse.

—¿Esas risas qué son? —Se agita de pronto Carmen Prado—. ¿Quién se está riendo como degenerado?

—Están felices, mire… —Y Elodie descorre la cortina para mostrarle a los *chiméres* que saltan en calzoncillos en la piscina que la lluvia acaba de inventar en los agujeros que dejó la retroexcavadora en el antejardín.

—¡Creen que la huevada es un resort estos faltos de respeto!

—Déjelos jugar, déjelos ser felices un rato, no tienen nada mejor que hacer, madame.

—Llámalos. Diles que suban.

Carmen Prado quiere recuperar la arbitrariedad imperial.

—Déjelos, no los moleste, lo están pasando bien, señora.

—No seas maricona, llámalos.

—Puede que tengan armas, no se sabe con ellos. Llevan días aquí, muchos no han comido en días, acuérdese de que son del norte, los echaron a patadas de sus pueblos. Usted ya los vio en la escalera y le dio miedo, acuérdese.

—No vengas con huevadas, son un pan de Dios, no hacen nada. Diles que suban.

—Yo tengo que cuidarla. El señor Niels me mata si le pasa algo.

—Ya sé todo, no sigas con la misma cantinela. Sé lo que hago, hazme caso. Obedece aunque sea por una sola vez en la vida, hazme caso. Diles que suban, tráelos para que los vea un segundo.

—¿Está segura, madame? Es cosa suya, yo no me hago responsable. —Sonríe coquetamente Elodie caminando hacia el final de la sala.

Sí, eso quiero, aprueba desde la cama, con una seguridad completamente nueva, mientras Elodie se retira a buscar a los *chiméres* del primer piso. Soy negra yo también, se da ánimos, negra como el carbón, más negra que todos los negros juntos, piensa Carmen Prado, hedionda a aceite, cebolla, sudor y pescado, ni animal ni mineral, o quizás es las dos cosas al mismo tiempo, un pedazo negro de noche condensada.

Tan negra como Elodie, como los *chiméres* que la cocinera llama escalera abajo en esa lengua inventada con la que juegan a entenderse los haitianos. Baja los escalones a buscar a los enemigos. Carmen Prado llena el espacio y el tiempo de pronto vacío, repitiendo como un talismán.

Soy negra.

Soy negra.

Soy negra yo también. Bautizada por Elodie bajo la lluvia, probada mi piel contra todos esos cuchillos que quisieron arrancarme un pedazo sin lograrlo. De aquí mismo, el cangrejo que no encontró en mí nada que no fuese probado antes. ¿Dónde están? ¿Cuándo vienen?

Se levanta en la cama al oír los pasos subiendo la escalera, hacia la luz natural que los hace parpadear confundidos.

—Vengan aquí, no muerdo, soy buena en el fondo —dice Carmen Prado en castellano, y milagrosamente parecen entenderla esos niños, encorvados y tímidos, la camisa perfectamente blanca, los dientes amarillos, la piel mucho más negra que la de Elodie, que los guía feliz hasta la orilla de la cama de la extranjera.

Todos hermanos, quiere creer Carmen, todos igualmente intimidados, delicados, sus ojos sin rastros, avanzando a tropiezos.

—¡Vengan, chiquillos, pónganse cómodos, acomódense donde puedan! —Y se siente de pronto más que cómoda rodeada de esos cuerpos que no pueden responderle, solo mirarla con una sonrisa sorprendida que busca algo parecido a la aprobación.

Cinco, siete, diez, quince, veinte jóvenes van acumulándose detrás de la mampara hospitalaria para, de a poco, muy de a poco, traspasar la barrera e ir sentándose donde Elodie les indica que se sienten. Sus siluetas en el suelo esperando ver con los ojos totalmente abiertos qué va a hacer la reina. Soberana absoluta, incomprensible presencia, separada de ellos por una distancia infinita, tan cerca sin embargo, la enferma en cama bendiciendo con la mirada a esos enemigos que han venido especialmente del norte a verla reinar.

—Feos no son. Son preciosos, mira esos ojos, mira esa cara.

Y toca la barbilla de uno, que tiende a alejarla para finalmente aceptar la caricia; luego pasa a otra cara, igualmente imberbe, igualmente asustada y dócil, y va bautizando a sus súbditos uno a uno, regalándoles un nombre que siente que esperan desde hace siglos.

—Tú, Petit Loup. Tú, Bastian. Tú, Arnaud. Armand, Dartagnan, Vincent. —Trata de respetar el francés que domina apenas, hasta que se agota y busca en la Biblia y el mapamundi nombres que calcen con sus caras—: Barnabás, Bartolomé, Bernardo, Ródano, Danubio, Lucio... —Y ellos aceptan, quieren más, agachan respetuosamente la cabeza—. Lucas, Mateo, Juan, Pájaro, Sócrates, Aristóteles, Alberto, Alfredo...

Alberto y Alfredo como sus hermanos, advierte Carmen Prado el peligro de usar de nuevo la memoria, de reconstruir su vida, de la que justamente su reino la ha separado. Va a corregir los últimos nombres justo cuando oye un extraño ruido, como de helicóptero, cuando por fin se ha asimilado por completo a un país que no es el suyo, aquel que su piel transpira, el que decide necesitar y olvidar, su isla flotante de desperdicios, algas y hortensias anfibias que confunden los radares de los barcos, que no buscan puerto ni playa, su isla que junta más algas y desperdicios mientras más navega en el infinito espacio de la marea suya y suya, aleluya, hossana, amén, amén, aleluya.

—*In nomine Patris, et Filii, et Spiritus Sancti...*

Y apurada Carmen Prado bendice a los *chiméres* en el mismo instante en que un vidrio se rompe en el primer piso vacío, con el máximo estruendo posible.

Se oyen órdenes a los gritos, y una radio, y el helicóptero que vuelve a sobrevolar la clínica.

—¿Qué pasa? ¿Qué están haciendo estos salvajes? —pregunta la abeja reina atrapada en el centro del panal, condenada a parir y seguir pariendo larvas, tratando de tranquilizar con un solo gesto de su mano episcopal las cabezas de sus súbditos.

—Son de nosotros, del señor Niels. De su país. Bajan del helicóptero. Saltan el muro. Están en todas partes, madame —le informa la cocinera, pegada a la ventana abierta.

—¡Justo ahora que lo estábamos pasando tan bien! Qué cosa más tonta, qué desatinados más grandes. Justo cuando nos estábamos empezando a entender... —concluye desolada Carmen Prado, sin poder escuchar ni su propia voz cubierta por las radios, los gritos, los empujones. La confusión total ante la que los *chiméres* no alcanzan más que a ulular y gemir como sirenas mientras se arrastran hacia algún rincón de la pared. Un estallido de pronto y el humo de las bombas lacrimógenas dispersa cualquier duda, tragándose en la blancura de la nieve una a una las siluetas de los súbditos, convertidos en un mar de tosidos sin cuerpos buscando una salida.

—¿Adónde se fueron, todos, dónde están todos? ¡Maricones de mierda, no me dejen sola ahora! —grita braceando como puede entre la niebla que la ataca ahora a ella—. ¡Elodie, Elodie! ¡No te vayas, no me dejes sola!

Todo blanco como la nieve de Montreal. Todo blanco, hasta su voz agria se le queda pegada a la garganta que no

tiene la fuerza ya de pedir nada. Lágrimas, mocos, ron-
quidos, gemidos, su mano abierta en la nada que para su
consuelo recibe la de Elodie invisible en la misma niebla,
la cara cubierta de trapos, su llanto de niña de ocho años
que se mezcla con una risa de esa misma edad.

De pronto un soldado gigante irrumpe en la pieza gritando en un francés aproximativo:

—*Aux sole!*

Al suelo.

Pálido de adrenalina, todo cubierto de cierres, bol-
sillos, repuestos, charreteras por todas partes, el soldado
es un puro temblor, pura tensión que no podrá hacer
otra cosa que terminar disparando en la bruma blanca
que se va dispersando a su alrededor como si obedecie-
ra a la amenaza de su metralleta.

—¡No seas huevón! —grita Carmen Prado levantando entre ella y el soldado su mano abierta—. ¡Saca
eso de aquí, por favor!

Chilla como si estuviera en Chile. Y lo está de alguna forma, porque ese miedo es chileno, y chileno parece ese niño blanco que desvía el fusil hacia Elodie, en
cuclillas en el suelo.

—¡Eso sí que no! ¡No la toquen a ella! ¡Mátenme a
mí si quieren, pero no la toquen a ella!

Y, como si se tratara de la recompensa que los mili-
tares buscan, blande la bolsa donde cae el líquido de su
herida.

Milagrosamente, funciona. Advertido de un solo grito que toma por una orden, el soldado vuelve a la mampara, desde donde se comunica en una lengua incomprensible con la radio que chirría instrucciones. Elodie permanece en el suelo, Carmen retiene aún la respiración.

—¡Se fue! —le avisa a Elodie, quien, escondiendo como puede la cara entre las manos, asegurándose de no estar viendo lo que está viendo, se levanta del suelo para caer envuelta en lágrimas sobre la cama de Carmen Prado, que tiene el extraño privilegio de consolar por primera vez a su guardiana.

Los *chiméres* bajan justo al estallar la segunda lacrimógena. Los esperan abajo los soldados daneses armados. Les gritan por megáfono una serie de instrucciones en francés que nadie entiende. Sin oponer la más mínima resistencia, los secuestradores levantan automáticamente los brazos mezclando sus dedos aterrados sobre la cima de sus cabezas. Caminan agachados hasta el patio donde los separa en filas otro batallón de soldados blancos que pierden su tiempo buscando a un líder rebelde que se rinda por todos.

Se demoran media hora más buscando a un intérprete que hable el mismo créole del norte que hablan los *chiméres*. Pasan entre las filas tratando de chequear en una lista que les entregó lo que queda de la policía haitiana el nombre de los secuestradores antes de empezar el asalto. No se resignan a saltarse ni un paso del protocolo que llevan un día entero planificando en los jardines de la embajada. No les basta con los *chiméres* que se rindieron. No quieren correr riesgos. Salen de otro camión más soldados con sus perros ladrando.

—Nazis de mierda —suspira Carmen, observando en Elodie por primera vez algo parecido al temor. Por toda la casa rebota el eco de los ladridos, las pezuñas, la baba por toda la escalera hasta que encuentran lo que buscan. Diez *chiméres* en el entretecho, cinco bajo el mostrador, uno en el rellano de la escalera, todos se rinden sonriendo como si jugaran a las escondidas. Trasladados a punta de metralleta hacia el camión, lleno a rabiar de rebeldes, de gente que no se queja, que no grita cuando busca su lugar bajo el toldo, en medio de la banqueta, ahí atrás en la oscuridad.

—¿Los van a matar? —pregunta Carmen Prado.

—No creo, madame. Lo más seguro es que los suelten en el campo para que se salven como puedan.

—Pobrecitos, son niños, son lo más bueno que hay, ojalá no les pase nada.

—No son niños, madame, son rebeldes; no los deben querer en sus casas, por eso están aquí.

—Son jóvenes, son lindos, abandonarlos así en el campo es una crueldad sin nombre.

—No se puede hacer nada con ellos. Es demasiado tarde para ayudar. No saben trabajar, van a robar o mendigar, seguro. Antes entraban al ejército, eran los más malos entre los malos, los ayudantes de los Tonton Macoute. Ahora ni siquiera, ahora viven de lo que les regalan los demás. Da lo mismo, madame, a nadie le importa lo que pase con ellos.

—A mí me importa, es lo único que me importa ahora —se rebela Carmen Prado abrazada a una almohada como si temiera que le quitaran hasta eso, la cama a la que está reducida su vida. Los *chiméres* ahora también son su vida, la que le queda, la que quisiera defender—. No son nadie, ya sé, Elodie, pero me vieron y ahora saben lo que nadie sabe, vieron lo que nadie más vio, agacharon la cabeza cuando se las tomé, aceptaron el nombre que les di, se lo llevan consigo como la arena dorada de alguna pirámide.

Una seña, una marca indeleble, su firma en el mundo que se borrará cuando se muera el último de los forajidos esparcidos por todos los rincones de Artibonito. Atropellados por un camión, acribillados mientras roban una gallina, presos por no dar su nombre, echando los bofes en una bodega, abandonados, contratados en algún otro ejército de mercenarios. Mi reino depende de ellos, que no son nada, que a partir de ahora ni siquiera son un ejército, una tribu, que ahora son solo haitianos que como otros miles caminan de ida o de vuelta a su pueblo. Se habrá desvanecido entonces Carmen Prado, desaparecida, muerta también un poco cuando eso suceda, cuando el último de ellos no tenga cómo recordarla, cuando sus caras se confundan totalmente en la nada.

Los perros vuelven al patio después de cumplir con su tarea. Les dan sus premios. Comida, agua de una manguera. Les tapan el hocico con sus respectivos bozales antes de devolverlos al camión. Mientras, en la entrada de la pieza, cambia la guardia. Hay dos soldados armados hasta los dientes en el umbral de la puerta. Tres mujeres soldados con mascarillas e instrumental médico entran agachadas a la sala. No se inmutan, parecen no ver que está Elodie sentada al lado de Carmen. Se aseguran de que las pulsaciones de Carmen estén en orden, cambian la bolsa de suero por una nueva, anotan un par de cosas en una ficha y se despiden con perfecta parquedad oficial. Carmen Prado y Elodie se quedan solas de nuevo.

—Se acabó. ¿Te das cuenta? —le lanza a Elodie, y las dos saben a qué se refiere.

La bandera de Dinamarca flamea sobre la casa desinfectada de *chiméres*. Una nueva vida, que solo es una versión de la antigua sobre la que tienen menos control todavía. Una última sonrisa unánime antes de unir sus manos, sus brazos, los ojos amarillos de fiera de Elodie con los ojos de Carmen Prado, ambas como monjas camino al monasterio.

La Edad Media, las catacumbas cuando las mujeres dependían de ellas mismas mientras nevaba o las hordas mataban afuera y podían ser hermanas, amigas, salvarse juntas sin otra pasión que su escondite. Eso han sido, hermanas en el sentido conventual del término, dos carmelitas perdidas entre un convento y otro. Todo eso mientras cae la oscuridad a manchones sobre las colinas a lo lejos. Nadie las ve. Saben que están vivas, que están bien, no lo comentan, se quedaron sin idioma, sin ganas de pelear ni de ponerse de acuerdo. Están juntas. Las separa una distancia razonable, pero están juntas. No les importa nada más. Lo agradecen de alguna forma. Se quedan toda la noche despiertas mirando por las ventanas las fogatas y las antorchas bajar y subir de las colinas. Sus cuerpos sin mirarse se ajustan en la oscuridad por última vez, miden su sombra, esperan lo mismo, no esperan nada, se agachan como para descansar, dejan el cansancio despierto vigilando la ciudad. Quieren que el tiempo pase en silencio sin ahorrarse un segundo, un minuto, para que vuelva el reloj de sus cuerpos a sintonizarse con el tiempo de allá afuera. No el reloj de la ciudad sino el de la noche, la oscuridad donde flotan las nubes de humo, los bloques de minutos que dejan pasar en fila sobre ellas velando las armas que no tienen. Las metralletas, bazucas y linternas con que los soldados daneses revisan por enésima vez cada centímetro de la casa.

«*Der er et Yndigt Land!*», saludan las tropas la mañana al son del himno de Dinamarca, y Niels elige justo ese momento para bajar de una camioneta militar. Lo acompañan dos funcionarios aún más jóvenes que él, de anteojos sin marco, carpetas aerodinámicas y camisetas Lacoste de colores pastel. La comitiva saluda a los soldados repartiendo chistes privados antes de subir la escalera ya desinfectada de haitianos, orgullosos los funcionarios de cumplir un capricho de la reina Margarita misma, rescatar a la esposa del embajador danés en Haití, con tanto desplante como sea necesario, o más.

—Hay que dejar actuar a las autoridades locales —lanzó el canciller Per Stig Møller.

—¿Usted ve televisión? ¿Ve las noticias de Haití? —replicó la reina, que, recordando de pronto las reglas constitucionales que no le permiten intervenir en la política del gobierno, guardó discreto silencio mientras la idea del rescate se encaminaba hasta el escritorio del primer ministro Rasmussen, siempre deseoso de un gesto de autoridad internacional del que serían incapaces sus eternos enemigos, los socialdemócratas.

—¡Ahora, huevón, ahora vienes a plantarte aquí! —chista Carmen Prado, que no pretende ni siquiera dejar hablar a su marido y sus amigos cuando por fin llegan a los pies de su cama—. Maricón de mierda, ¡hijo de puta! ¡Cabro reculeado!

—Karmenzita, Karmenzita… —intenta inútilmente el danés calmar a su esposa, que encuentra en la incomodidad de su marido más fuerzas para dejarlo en evidencia ante los otros dos daneses, que se limitan a sonreír con incomodidad.

—Tiene razón la Carmen Luz, eres perverso, nunca me quisiste, todo esto lo hiciste para matarme. ¡Lo tenías todo planeado desde hace años, asesino de mierda, hijo de puta! Me tiras a la basura ahora que ya no te sirvo, me dejaste agonizar en esta mierda de clínica para irte a mariconear con quién sabe qué negro que te llena el culo de semen, ¡maricón reprimido! Eres un ratón, una mierda blanda, no creas que te voy a perdonar, no creas que vas a salir indemne de esta…

Disfruta hasta la última gota de la palidez de su marido, que no sabe cómo traducir a los dos funcionarios del Servicio Exterior danés lo que acaba de ladrarle su esposa.

—¡Cuéntales a tus amiguitos de juerga todo lo que me hiciste, maricón reprimido! ¡Diles que dejaste a tu esposa sudaca acá invadida por cientos de miles de haitianos hambrientos para que se la comieran en pedacitos! ¡No te hagas el héroe ahora, cuéntales, ya pues, diles! —insiste levantando los brazos y el vientre amarrado por las sondas—. Mira lo que me hiciste, infeliz. ¡Soy un espantapájaros horroroso, todo me cuelga, nada me sirve, tengo más tajos que un pirata, soy una anciana en silla de ruedas! ¡Mírame, mírame! Si quedo inválida para siempre, ¿te vas a hacer cargo tú?

—Karmenzita, todo okey. Todo okey… —repite aturullado el rubio dando suaves palmoteos sobre la cama. Pero Carmen Prado se impacienta aún más.

—¿Dónde está mi gente? Los de abajo, mis amigos, ¿dónde los tienes? ¿Qué hiciste con ellos? —Niels busca en la cara de Elodie saber a quién se refiere su esposa—. Los *chiméres*. Eran lindos. Eran preciosos. No estaban haciendo nada malo. Estaban viviendo nomás, y ahora los van a matar como perros. Los van a abrir en dos, los van a convertir en abono para regar la tierra. Yo los quiero, ellos me respetan, son míos. Yo soy responsable por ellos. Le haces algo malo a alguno de ellos y te mato con mis propias manos.

Algo traduce Niels que hace reír a los jóvenes funcionarios.

—Nórdicos de mierda, se creen tolerantes pero son perversos. Ya pues, enójate, no seas maricón, no me mires con esa cara de perro degollado, ¡responde! ¡No huevees, responde!

Niels sigue hablando en danés y sonríe con sus compañeros mientras acaricia los cobertores de la cama.

—Qué simple la vida así, ¿no?, ven lo que quieren ver, oyen lo que quieren oír, ustedes los daneses. Esa es la magia de la gente del norte, por eso nadie les puede ganar una guerra, porque no pelean, porque no sangran, no se mueren como uno, se mueren solo cuando quieren en sus palacios de hielo.

—Un beso —le avisa Elodie para que entienda lo que Niels intenta hacer por petición de los funcionarios, que quieren una foto para el archivo del Ministerio de Asuntos Exteriores.

—No seas ridículo, Niels, no me vas a dar un beso a estas alturas del partido —le advierte, sin negarse de verdad al encuentro de sus labios, que ahora son abundantemente fotografiados por los testigos daneses, felices de llevarse esa prueba indesmentible de que Dinamarca debía intervenir en territorio extranjero, aun arriesgando con un incidente internacional la tradicional neutralidad danesa.

Sonrojada después del beso de su marido como si tuviera catorce años, las manos hinchadas sobre las sábanas impecables, Carmen Prado contempla ya sin fuerzas cómo Niels y su comitiva parten tan rápido como llegaron.

—¡Cobarde, traidora! ¿Por qué dejaste que me besara ese niño hediondo a leche? Guatona cobarde, vendida a los blancos. ¡Negros vendidos! Por eso no progresan, por eso no van a ninguna parte, no tienen dignidad ustedes, apenas pueden se venden sin asco al patrón de turno —continúa su diatriba Carmen Prado, no sabe si más enojada o sorprendida—. No debiste dejarlo entrar a ese huevón, debiste mandarlo a los perros a ese hijo de puta traidor…

—Es su marido, madame. La quiere mucho el señor Niels. Estaba muy asustado cuando usted decidió operarse. No sabía cómo decirle que no lo hiciera. Daba vueltas como loco por toda la casa, hablaba solo todo el día, por eso le dije: «No se preocupe más, señor Niels, yo me encargo de la señora, no se preocupe de nada».

—Maricón de mierda nomás. ¿Por qué no me dijo? ¿Qué le costaba? ¿Por qué no me lo prohibió simplemente? Es mi marido después de todo. Para eso sirven los maridos, se supone. ¿Por qué no me dijo que no hiciera más huevadas, que aprendiera a envejecer con dignidad? Con eso habría bastado. Con eso estaría tranquila en la casa, odiándolo feliz de la vida.

—¿Cree que es fácil prohibirle algo a usted?

—No piensas, soy lo más fácil que hay, soy un amor con la gente, todos me adoran. No andes inventado huevadas. No le impongo a nadie nada. Si me dicen bien las cosas yo hago caso altiro.

—El señor Niels no es así, madame, el señor Niels es un niño. Usted sabe eso. Vive por usted, cuando usted no está la suya es una casa fantasma.

—Ah, genial, él es un niño y yo soy una vieja culeada profanadora de cunas.

—No dije eso.

—Pero tu mirada sí, tú crees que no sé adivinar en tu asquerosa mirada… —pelea por la pura nostalgia de pelear Carmen Prado, volviendo feliz a su descontento, segura de que la cocinera la entiende—. Eres como todos en Santiago, me juzgan porque sí y porque no. Demasiado joven, demasiado viejo, demasiado pobre, demasiado rico, haga lo que haga está mal. No me importa, me da lo mismo, estoy viva, es lo que no perdona nadie. Ese es mi problema, Elodie, yo no me muero. No duermo ni cuando duermo. No tengo la fórmula de la muerte. Mis ojos siguen detrás de mis párpados cerrados vigilando. Todos se mueren al lado mío, yo los toco y se mueren y yo quedo más viva cada vez. No me mires así. Es la verdad, la pobre y triste verdad.

Soy exactamente lo contrario de un zombi, aunque los extremos se toquen y camine como el más fantasmal de los zombis entre las malezas fluorescentes que se levantan cuando paso, que tratan con todas sus fuerzas de alcanzarme, que se desvanecen cuando las dejo de lado sin mirarlas.

Vivo para mí, vivo por mí en ese jardín que crece sobre la huella de mis pasos, esas enredaderas que quieren subir por mis piernas obligadas a caminar sin parar para no quedarme detenida entre ramas y flores, para no terminar cubierta de liquen y esporas, como el Buda de un templo arruinado al fondo de la selva.

No, no mató a nadie Carmen Prado, hizo algo peor, les inventó a los muertos una vida de la que jamás se repusieron. Una luz que buscan desde el fondo de su tumba, una droga de la que no se pueden desenganchar, su vida resucitada por Carmen Prado, que la muerte no pudo aceptar como a uno de los suyos, que tuvo que caminar sobre el agua como Jesucristo. Tan fácil ese milagro de mierda, todo el mundo lo puede hacer, y el de Lázaro también, lo difícil es desangrarse en la cruz cuando eres Dios, lo difícil es dejar que esos extraños te maten, bajar los brazos y la cabeza hasta que dé un crujido, tus articulaciones se rindan y no haya nada ni nadie después. Morir es difícil, morir es imposible, lo fácil es resucitar para Carmen, que sabe ahora que tiene ese único talento, esa maldición perfecta, la de resucitar como los otros respiran.

—Tengo un hambre salvaje, me estoy muriendo de hambre, mijita. No seas mala, anda a buscarme algo para comer.

—Van a llegar en cualquier momento a buscarla, madame. Me dijo el señor Niels que la preparara. Viene el embajador también, y más gente, me dijo.

—Tenemos tiempo, son lentos para todo estos daneses, no terminan nunca de empezar. Me suenan las tripas, no los puedo recibir con la guata vacía. Ya pues, no seas floja, Elodie, anda… No me mires así. ¿Qué tiene? Llevo semanas sin comer nada sólido. Ya pues, tú eres la cocinera de la casa, es tu trabajo alimentarme.

—Bueno, si usted lo ordena. —Aprieta la mandíbula de indisimulado resentimiento la cocinera antes de aceptar de mala gana el encargo.

Y Carmen Prado se queda completamente sola por primera vez en el siglo. Qué raro estar aquí sin pelear con nadie. En el techo los tubos fluorescentes rotos. En la esquina un lavatorio de los años cincuenta que no había notado antes. Las ventanas abiertas, los muros verdes, el suelo de linóleo. Más cerca la silla vacía de Elodie. La otra donde se sentó alguna vez el niño de la metralleta. ¿Cómo se llamaba? ¿Cómo era? Un niño, eso solamente. Un niño que dejó en el otro extremo de la pieza su metralleta olvidada, como un juguete de Navidad cuando ya está a punto de llegar el Año Nuevo. El polvo de las lacrimógenas mezclado con la huella de los pasos de los *chiméres*. Los muros, la mampara, la oscuridad donde empieza la escalera de Hollywood, y el tiempo, segundos, minutos, un cuarto de hora, media hora, una hora, no tiene reloj donde contar.

Puta que se demora. ¿Cuándo vuelve esta mujer?

Y trata de levantar el pecho, solo para darse cuenta de que le duele incluso más que antes la cicatriz que rodea sus entrañas. Vuelve sin aire al fondo de la almohada. Lejos de todo y de todos, cortada de pies a cabeza, descosida, dividida, sin edad, siente Carmen Prado que hasta los muertos la han abandonado: Lucía, el papá, Gabriel, ya no la miran, ya no la vigilan. La liberaron, la vaciaron del todo. Hay algo peor que el dolor, es ese hambre que ningún estómago puede llenar, un vacío en que su cuerpo flota, baja cien metros, sube otros cien mil sin tener el menor control, obligada a que el tiempo sea el tiempo simplemente, y el espacio, y el aire en sus pulmones, y las fuerzas sin fuerzas con que ya no se atreve a levantarse.

—¡Elodie! No seas pesada. ¿Dónde estás?

Nadie responde. Solo el silencio, un minuto entero, dos, tres, seis. ¿Cómo sigue sin ella? ¿Cómo sabe cuáles son sus costillas, cuáles son sus brazos si no está ella para distinguir, para saber dónde acaban y dónde empiezan las agujetas en el pecho, el peso sobre la espalda, la cabeza que va a reventar bajo la presión?

Hasta que de pronto oye sus pasos en la escalera. El ruido de su presencia enojada, la vida, su vida desde que no tiene otra, alguien que la conoce y la reconoce más allá de todo. Es Elodie, que deja caer un pollo descuartizado como si se tratara de una bomba de ruido. Un escarabajo también, sus costillas abiertas, el hígado y los riñones negros en medio del papel graso en que lo envolvieron en Pollos Willito's, la rosticería de los dominicanos de enfrente.

—¿Qué quieres que haga con esto?

—Coma, madame. ¿No tiene tanta hambre?

—Así no, un plato, un tenedor, servilletas por lo menos. No somos salvajes, mijita. Consigue algo, yo soy una persona civilizada… —dice, aunque el olor la marea y siente unas ganas locas de lanzarse sobre la piel crocante del ave, su carne blanca, sus costras de sal, el jugo que mana despacio del interior del animal. Bañarse en grasa hasta sorber la última gota.

—Esto es una clínica, no hay servilletas, no hay cuchillo. No hay nada aquí. Coma, madame —ordena Elodie, pero Carmen Prado ya está mordiendo el pollo asado.

—Por la chucha, me estoy manchando entera. Ah, maricona. ¿Por qué me haces eso? Maricona de mierda… —Se le queman los dedos, se le mancha la bata, la cama, y es un gozo dejar impecablemente limpio el papel brillante de grasa—. ¡Por tu culpa estoy hecha un asco! —exclama justo cuando los pasos de un oficial danés se detienen en el umbral de la pieza. Con las manos en la masa, la boca salpicada de grasa, le ordena en español que no se mueva, y el oficial obedece.

—*Undskyld mig* —se disculpa el soldado.

—¡Límpiame, limpia, rápido! —urge a Elodie.

Intenta ocultar las manchas con las sábanas, mientras el oficial desvía la mirada como si estuviese frente a una mujer desnuda. Es un viejo buenmozo, solemne, que la saluda en un danés que le sorprende recordar a la perfección.

—*Tak* —ejercita la lengua por el solo placer de poder hablar. Ahora que apareció esa lengua de vuelta todo se ha ordenado, todo se ve patéticamente luminoso a su alrededor—. *Tak* —repite por placer.

Dos soldados con escobas y plumeros aprovechan de limpiar el suelo. Detrás del oficial dos enfermeras alistan sus materiales quirúrgicos, mientras Carmen Prado se limpia las manos de grasa sobre los cobertores de su cama.

—*Velbekom!* —responde el militar, irguiéndose todavía un poco más, y para no arriesgarse a ser impertinente lee en el más oficial de los daneses el saludo especial de la reina Margarita II, y luego le entrega una carta y una medalla que otros dos soldados ayudan a enganchar sobre la bata de hospital que lleva días y días sin cambiarse.

—No te rías tú, no seas maricona, es un momento solemne… —advierte en un castellano que está segura de que nadie más que Elodie entiende en la sala.

—Es una reina, ¿vio, señora? Es lo que usted quería ser, una reina —responde Elodie en castellano antes de que la desplacen las enfermeras y sus ayudantes.

—¡No la toquen! —chilla Carmen Prado mostrando a Elodie al nuevo personal, que en menos de un minuto rodea su cama, le toma la temperatura, la presión, le cambia las sondas y la conecta a una serie de máquinas nuevas.

—¡La quiero aquí conmigo! —le grita al oficial, que no comprende el idioma pero sabe descifrar los gestos imperativos de la enferma.

El personal nuevo le pregunta qué hacer. El oficial aprueba con la mirada y la enfermera jefe llama a Elodie, quien, repentinamente intimidada, con una timidez de debutante en su primer baile —rasgo que Carmen

Prado no le conocía—, vuelve al lado de la enfermera y estira la mano para tomar la de la señora y que nadie las separe nunca más.

—Si te echan me voy. Les advertí que si te tocan un pelo yo me suicido y cagan con su acto heroico —le aclara Carmen Prado a la cocinera.

—La están dejando linda, madame. Le están volviendo los colores a la cara.

—No me importa, que se vayan a la mierda estos daneses maricones… No quiero vivir, no quiero morir, todo me da lo mismo.

Una transfusión, otra tanda de exámenes, algunas inyecciones, una bata nueva, el oficial que pregunta con la mirada al escuadrón si está lista para ser mostrada a los periodistas.

—Los chilenos no le tenemos miedo a nada —explica la secuestrada a los corresponsales que reemplazan a las enfermeras alrededor de su cama, todo un gesto hacia la inmigración, le explican, porque ella es de «esos» daneses, una intervención sin precedentes en la historia de Dinamarca, un caso que es portada hace días, un momento de unidad nacional—. Haití es un país confiable —responde Carmen Prado como si no escuchara las preguntas—. Eso quiero que lo subrayen, Haití no es lo que parece, aquí hay gente muy buena. Hay que invertir en Haití, lo que falta es más gente que se atreva a invertir en Haití. Los *chiméres* son un amor. Se portaron regio conmigo, fueron como verdaderos amigos, los extraño en todo momento. Hablen en danés nomás. No hablo bien pero entiendo. Hablas un lindo castellano tú, mijita, ¿dónde lo aprendiste? ¿En Barcelona? Odio esa ciudad, no sé por qué, nunca he estado. ¿Para qué voy a ir si no me gusta? Eres linda, para ser rubia eres bastante pasable. ¿Miedo? ¿Por qué insisten con el miedo? Cuchillos no, pistolas tampoco, no traían nada. ¿Qué quieren que les diga? Me encantaría ayudarles pero la verdad es que no sentí miedo en ningún momento. Elodie, ¿tuviste miedo tú?

Y los periodistas vuelven la vista hacia la guardiana seca y compacta que acaricia como de memoria la mano de la enferma.

—Solo habla créole la pobrecita —la defiende Carmen Prado, que adivina en su silencio esa ridícula timidez que le parece divertido aplastar, para ver hasta dónde aguanta—. Tiene pésima voluntad esta niña. No la puedo odiar, estoy obligada a quererla para siempre. Elodie fue quien me cuidó todo este tiempo. Es la verdadera heroína de este cuento. Ella sí que da para un reportaje. Tuvo a todos estos *chiméres* a raya todo el rato. Sin ella no estaría viva. La reina Margarita debería darle una medalla; la nacionalidad, por lo menos. ¿Y cómo viajaron hasta acá todos ustedes? ¿Todos en el mismo avión? ¿De verdad que soy famosa en Dinamarca? Qué tontera más grande, si no soy nadie importante, no he hecho más que sobrevivir yo. Ponga eso grande, lo único que hice fue sobrevivir. No soy heroína, soy una sobreviviente, yo no sé morirme. No es ninguna cualidad, es hasta un defecto si uno lo piensa bien. ¿Es mi hijo ese de ahí al fondo?

Bajo la luz pálida del pasillo, intimidado por los micrófonos y las cámaras, su hijo Ricardo, que no quiere que lo vean pero que no puede evitar distinguirse de todos esos rubios ansiosos. Ricardo, lo único que conoce y reconoce, su hijo, su ángel precioso, su pobre niño inútil que no tiene orgullo porque es puro orgullo. Ricardo, que ha venido en representación de todos los demás a asegurarse de que está viva.

—Eres lindo, tonto. Pucha que eres lindo, mi precioso… —Le acaricia la barbilla después de que los periodistas daneses lo trasladaran en andas hasta su cama para fotografiar de más cerca el reencuentro. La piel tan suave de su mentón, y los ojos tan brillantes que sonríen hasta cuando quiere ponerse serio, pobre niño, limpio, puro, perdido, lindo Ricardo, que viene de allá lejos donde todo es oscuro y da miedo, y es chico y suyo, tan lejos, tan horriblemente lejos todo lo que fue suyo alguna vez.

—¿Qué te hicieron los doctores? ¿Qué te sacaron al final? —responde con una sonrisa a las caricias de su madre.

—Nada, las sobras. Grasas horribles que no se ven. Da lo mismo, no importa. ¿Me odian mucho la Rita y la Carmen Luz? Di la verdad. ¿Qué dicen? Yo las quiero, tú sabes, yo quiero a tus estúpidas hermanas. Te quiero más a ti, pero las quiero a ellas también.

—No te odian, mamá, solo están preocupadas por ti. Todo esto nos pilló de sorpresa. Tienes que entenderlas, mamá, no saben cómo reaccionar. No quieren aceptar nada de Niels. Le echan la culpa de todo a él. Dicen que es un irresponsable, que no sabe cuidarte, que debería haberte dicho que no, que tú le sorbiste el cerebro. Están locas también, está todo el mundo loco en Santiago, ya sabes. A mí no me importa eso, mamá. No quiero echarle la culpa a nadie. Tú recupérate, eso es lo único que importa al final.

—¿Te han tratado bien estos gallos, se han portado bien contigo estos vikingos de mierda?

—Son la raja los daneses. Súper organizados. Si quieres volver a Chile, puedes, Niels dice que no hay problema. Quiere que vivas donde seas feliz ahora. Eso me dijo. Si quieres vivir conmigo la casa es grande, cabemos todos. Nora está de acuerdo. Lo hablamos antes de que viajara. Vamos a tener un hijo. ¿Te conté? ¿Te acuerdas de que no podía tener hijos, mamá? Parece que puedo después de todo. Es un milagro. Es niña, le vamos a poner Nicole.

¿Nicole? Qué horror, piensa Carmen Prado mientras vuelve a acariciar las mejillas imberbes de su hijo, para no decir lo que sería demasiado cruel decir: no es tuyo ese hijo, no seas tonto, no te dejes engañar, Richi, te hizo leso esa mujer horrorosa para tenerte amarrado hasta el fin de los tiempos. Qué manera de cagar todo, un hijo ahora, un nudo de carne y ruegos entre los brazos de Ricardo, un insecto que va a patalear sin fin, dejando atrás suyo una sola estela de infelicidad. Y tener frío, y tener hambre, y quejarse de Ricardo que nunca llega a tiempo y se le olvida comprar la fórmula en la farmacia. Puta que eres irresponsable, Richi. No quieres a tu hija. No mientas, por favor no mientas. Aunque ojalá Ricardo pudiera mentir, pero tiene esa maldición y vive para explicar que no miente. Ya lo veo perderse entre los balancines a pleno sol del Parque Intercomunal de Santiago, tras la explanada de cemento, con pre-emergencia ambiental y todo.

Qué ambición tan rara esa de no tener ambiciones. Y dejarse llevar y resistirse al mismo tiempo, dejar que la novia decida por él. Zombis que no sufren cuando los hacen esclavos. Muertos a los que nadie lloró en su entierro, que no tienen cómo sufrir o gozar de su condición, que solo tienen que trabajar y dormir al sol. ¿Qué los distingue de los vivos por los que nadie llora o ríe, que se levantan y se acuestan sin saber por qué pero llenos de explicaciones sin embargo?

Qué tontos son los hombres a veces, piensa Carmen Prado. La crueldad es lo más inteligente que tiene la mujer, la crueldad de derrocar al enemigo antes de que llegue al poder total, de reducirlo antes de que el peligro pase a mayores. Ricardo espera feliz que lo aplasten para no tener la tentación de cabalgar lejos, de ganar, de matar como la naturaleza le manda, de pelear por su lugar, y morir en esas guerras que ya nadie inventa a tiempo.

Eso son los hombres, sementales resfriados, fantasmas que viven para penar después de que engendran, sin saber cómo ni cuándo. Ricardo, que lucha contra esa barbilla definida que es herencia de su madre, contra ese brillo en los ojos que quiere apagar a fuerza de marihuana. Ricardo necesita acabar de una vez por todas con sus ventajas de nacimiento para ser el papá de una niña que no es suya.

—Qué lindo, vas a ser papá. Va a ser preciosa la niña. Igual a ti. Tan lindo de venir a verme, qué amoroso.

Y esa polera rockera llena de sangre y guitarras eléctricas, toda esa ropa que se pone sin pensar, y el pelo que se despeina por horas, en los ojos esa cosa filuda, esquinada, peligrosa, brillante de su abuelo, de su tía Lucía, las perfectas muñecas de cera con las que nadie juega.

Su primera nieta —que no es su nieta, seguro—, la familia feliz que no tiene nada de feliz, los retos de la Carmen Luz, el espanto de la Rita sobre su cabeza; su familia, su mundo que aparece ahora que tiene la fuerza de aceptarlos de a poco, herida y rodeada de gente que quiere ayudarla y no le ayuda en nada.

—Vamos a Chile después, mamá. Yo la espero. Me desocupé de todas mis pegas para estar con usted.

—No te preocupes por mí, mi amor; haz tu vida, no te preocupes por mí. No puedo vivir en Chile, tú sabes. Me odian todos allá. Lo pasaríamos pésimo. Tú lo sabes mejor que yo. Soy danesa ahora, esta gente no sabe quién soy, esta gente me respeta, me acoge, le debo tanto, ellos se han portado tan bien conmigo, no sabes cuánto. —Y de pronto piensa en la solución ideal, la forma de dejar a todos contentos, todo atado y bien atado antes de dejar la clínica, la isla, su vida en el limbo—. Ella. —Y le muestra a Elodie, a quien Niels intenta interrogar en la esquina más alejada de la pieza—. Llévenla a ella a Chile. Tengo una platita allá que pueden usar. El departamento de la tía Chela. Es mucho mejor abuela que yo, mucho mejor mamá también. Úsenla a ella, olvídense de mí, tómenla a ella de mamá.

Y, ya decidido el destino de todos los presentes, le parece absurdo alargar la espera.

—¡Vámonos! —se dirige a los dos soldados de uniforme de gala que esperan en la mampara de la entrada, listos para tomar la camilla y levantarla en andas.

Los soldados de la marina danesa obedecen. La levantan a la altura de sus hombros. Eso es lo único que sabe hacer, su única forma de avanzar, volar. Sabe que no llegó así a la clínica, pero en su memoria así llegó, navegando sobre la cabeza de la gente que la mira sin poder tocarla.

Adiós a todo esto, Ricardo, Elodie, Niels, queridos oficiales, suboficiales, periodistas de radio y televisión de Copenhague a Jutlandia, adiós, adiós, se despide con una sonrisa mientras su cama vuela, se va, se está yendo sin que ella pueda controlarla. La cama deshecha, el colchón que queda marcado por su espalda, huérfano y desnudo su lugar en el mundo de los muertos, los tubos, los catéteres, los sueros y las máquinas abandonadas como las grúas de un puerto cuando el barco se va.

Adiós, dulce príncipe; adiós, flota la barca sobre el dulce oleaje… Se va, se va, se tiene que ir, hasta que un oficial ordenadísimo se cuadra ante su camilla y se detienen con una brusquedad inesperada los soldados. Una orden que Carmen Prado no entiende pero que los camilleros obedecen a la perfección torciendo la camilla, preparándola para bajar la escalera de Hollywood.

—¡Cuidado, cabro huevón, cuidado! —advierte Carmen abrazándose como puede a la camilla, que le parece ahora de una fragilidad total—. Están locos ustedes, me voy a sacar la cresta. Ya pues, daneses culeados, ¡más cuidado, me voy a morir!

El vértigo en el centro del cuello, los senos desvergonzadamente fofos sin el vientre que antes los sostenía, Carmen retiene con los brazos un cuerpo que quiere escaparse por todos lados.

—¡Me voy a caer, me voy a matar! —chilla en un castellano que nadie entiende—. Puta los huevones torpes. Duele esta huevada, me duele todo.

No saben castellano, a ella se le olvidó el danés, el resto del mundo ladra en francés o en créole, la confusión total de lenguas, de razas, de gente que arrastra su cuerpo que flota, que cae y rebota sobre todos. Virgen, diosa, vieja bruja que preparan para avivar la hoguera gigante donde tienen que quemarla para que todos se salven, los muertos, los vivos, el hijo atrás, el marido sonriente de emoción tras el brillo de sus anteojos, Elodie que atraviesa las barreras de soldados y policías para levantar la bolsa de desperdicios, eso que ni siquiera las enfermeras danesas se atrevieron a remover, como si en ese líquido quedara flotando su nombre, su edad, todo lo que ha goteado de ella estos días sin testigos.

—Estamos llegando, madame, estamos llegando —la consuela la cocinera, que vuelve a tomar su mano a pesar del intento de todo el personal médico de separarlas.

—¿Adónde estamos llegando?

—Tres escalones. Dos. Uno. ¡Llegamos!

Y la banda toca ahora el himno de Chile y aparecen el cónsul y el embajador chilenos, cuadrados y enanos entre tantos daneses que les ceden el paso para que puedan hacer entrega de un sobre enorme con todos los sellos presidenciales.

—El Presidente en persona me manda a entregarle esta carta, señora Prado. Hemos estado muy pendientes de usted todo el tiempo. Su marido, don Niels, nos ha mantenido informado de sus progresos. Qué bueno verla tan bien. Sabemos que está en buenas manos. Los chilenos nos sentimos muy orgullosos de usted y de su lucha. Su ejemplo ha sido un verdadero ejemplo, valga la redundancia, de amistad y cooperación entre los pueblos. ¿Cómo se siente ahora? Cualquier cosa que necesite, cualquier cosa, no dude en informarnos. Estamos a su más entera disposición para lo que sea. Yo conocí a su abuelo, un gran hombre, todos lo admirábamos en el Ministerio de Relaciones Exteriores. Yo fui tercer secretario de él en Colombia. Usted ya era grande pero él nos hablaba siempre de sus nietas. Bueno, no quiero distraerla con mis cosas, sé que está muy ocupada. Solo quiero desearle la mejor suerte del mundo.

Carmen no se da el trabajo de responder más que con una inclinación de la cabeza y un gesto episcopal con el borde de la mano.

—*Vi skal* —dice en perfecto danés, para que sus esclavos sigan de largo.

Siguen. No tiene nada contra Chile, al contrario, pero es de los daneses ahora, a ellos pertenece su cuerpo. La compraron, mandaron un ejército a buscarla, le escribió la reina Margarita II en persona, la tienen, tiene que trabajar para ellos hasta el final, no puede ser tan puta, algo de fidelidad tiene que tener en la vida. Vamos, le ordena a Niels, y esos soldados que se ven tan marciales vuelven a levantar la camilla a tropezones. Son niños, hay puros niños a su alrededor, menos la Elodie y ella, más que adultas eternas iguanas, tortugas, rocas que respiran en la frontera del acantilado y el umbral sin puerta y la luz del sol directo a los ojos.

Los haitianos van llenando la calle ahora para ver su camilla volar sobre los hombros de los soldados blancos. Se mueren de curiosidad después de días viéndolos saltar y disparar alrededor de la casa amarilla de la doctora, la casa que el helicóptero lleva tres días iluminando sin dejarlos a ellos dormir.

No tengo fuerzas, no tengo pulso, no siento mis piernas, no me importan, lo más seguro es que no camine nunca más. Una gorda en silla de ruedas, penosa, terrible, eso es lo que me toca ser a partir de ahora, piensa Carmen Prado, siempre exagerada. Y no sabe por qué eso la alivia. Estar fuera del mundo, ser una víctima, no tener cómo ni a quién cobrarle ese dolor que siente, que está a punto de permitirle subir al cielo, flotar sobre la calle, los cerros verdes llenos de casas, las mujeres con palanganas en la cabeza, los niños, la isla, el mundo, nubes, pájaros, la brisa, esa luz como redonda, esa distancia que no se puede calcular por adelantado.

Entusiasmada alza el pecho como puede, extrañada de que todo sea tan simple, de que a nadie más le parezca extraño que sea posible respirar, pasear al aire libre, dejarse iluminar por el sol de verdad, en la calle de verdad, con gente de verdad viéndola libre, libre, libre, nadie sabe que es libre, solo ella, atada hasta hace unos minutos a cien raíces que colgaban y brotaban como en los manglares, desatada a golpes de machete, rota de raíz, sangrando savia ámbar que las hormigas sin parar devoran, sola en su canoa a la deriva, Carmen Prado de pronto alza la cara al sol, la piel bebiendo la humedad natural del aire sobre el que avanza hacia una ambulancia gigantesca que no es otra cosa que la camioneta Mercedes Benz de la embajada danesa pintada de blanco a la rápida, con la cruz blanca entre los cuadrados rojos de la bandera en los cuatro costados.

—¡Elodie, Elodie! —grita, implora, ordena para que no se mueva de su lado la cocinera, que sube con ella a la recién acomodada *van* a la que le acaban de quitar los asientos, poniendo a cambio en los bordes internos una plancha de madera para sentarse.

—Esto es un mamarracho, esto no es una ambulancia por ningún lado. Puta que son mal hechos estos daneses cuando quieren, puta los huevones improvisados.

Parecen serios, parecen estrictos, pero hacen todo como las huevas al final.

—No se preocupe, madame, esto es solamente para llegar al aeropuerto. Hay un avión esperándola en el aeropuerto, con todo un hospital adentro preparado para atenderla. La llevan directamente al país.

—¿Qué país?

—El de ellos.

—¿Dinamarca? ¿Por qué no quieres decir Dinamarca, Elodie?

—No sé, no me sale. —Sonríe pillada Elodie, que es su amiga, como en el colegio, como antes de eso incluso.

—No te preocupes, nos entendemos tú y yo, Elodie. —Sonríe de vuelta Carmen Prado—. Entendemos las mismas cosas, vivimos el mismo vértigo—. La ambulancia parte justo cuando la complicidad va a rozar algo parecido a la vergüenza. Rueda por la calzada casi sin motor, temerosa de despertar a alguien. La saludan las metralletas que apuntan al cielo y las banderas cruzadas que flamean a su paso, hasta que alcanza algo parecido a la velocidad de crucero.

—¿Escuchaste lo que le dije a Ricardo? —aprovecha la distracción para informar a la cocinera—. Te solucioné la vida, Elodie. Te vas con él a Chile, te van a adoptar como su mamá, mis hijos, vas a ser la abuela que yo no puedo ser. Te van a gustar, los vas a adorar, ya vas a ver. Mi tía Chela me dejó un departamento precioso en Carmen Sylva con El Bosque, no vive nadie ahí. Hay una plata también para tus gastos, todo está resuelto, no tienes que preocuparte de nada más en la vida. Chile tiene unos inviernos de mierda, pero los veranos son preciosos. Te vas a acostumbrar, todo el mundo se acostumbra al final. Yo te voy a ir a ver apenas pueda. Nos vamos a reír como enanas juntas. Vamos a ir al cine, al teatro, a la playa. Te voy a presentar a todo el mundo. Lo vas a pasar regio.

Y nombra a gente, lugares, viajes posibles a Puerto Varas, Valdivia, La Serena, cualquier cosa con tal de llenar el silencio incómodo con que Elodie baja la mirada.

—¿Qué te pasa? No dices nada. Ya pues, ¿qué pasa?

La multitud sale de la vereda para averiguar a qué autoridad pertenece la camioneta blanca que no se atreve a apurar el tranco.

—¿Me vendió, señora? —exclama de pronto Elodie, cuando Carmen Prado no esperaba ya palabras.

—¿Cómo que te vendí? No te pongas así, es una idea nomás. Haz lo que quieras con tu vida, me da lo mismo a mí. Pero es una buena idea, le conviene a todos al final, tienes una familia tú, tienen una familia ellos, somos todos parte de la misma familia. No te estoy haciendo ningún favor, necesito a alguien allá, no confío en nadie más que en ti. Es un trato, tú me ayudaste, yo te ayudo. No veo qué tiene de malo.

Y el silencio reconcentrado y terrible, esa piel impenetrable, sus ojos amarillos que reciben las frases de Carmen como piedras en el fondo de un pozo.

—¿Para qué te vas a quedar en Haití, Elodie? Este país no se va a arreglar nunca, esto va de mal en peor, no saben lo que quieren, están enamorados de su desastre. Ven con tus sobrinos, ¡ven con quien quieras!

—se desespera Carmen Prado—. Tú misma lo dijiste, los *chiméres* van a volver, y los gringos y los huracanes, y todo de nuevo. Te estoy regalando una salida para que sigamos juntas.

—Usted no es mejor que yo, madame. No puede regalar así a la gente, no puede, eso no se hace. Soy libre, ¡mucho más libre que usted, madame!

—Estoy enferma, no me grites, Elodie, por favor, ¿no ves que estoy en cama?

—No está enferma, señora. Nunca estuvo enferma. No le dolía nada, no tenía nada de malo. Se operó porque quiso operarse, porque se le ocurrió un día de puro loca. Ese es el problema, usted siempre hace lo que se le ocurre. Por eso la gente se arranca de usted, por eso le tienen miedo, porque no respeta nada, hace lo que quiere cuando quiere y que el resto del mundo se aguante. Mire a sus hijos, mire a su marido…

—¿Qué sabes tú, insolente de mierda? No hables, no repitas tonteras de memoria, todos me aman, todos me adoran a mí…

—¡Mire, mire, no hay nadie más aquí! Sus hijos, sus maridos, todos arrancan. La única que está aquí soy yo, la única que está siempre con usted soy yo. Y como agradecimiento usted me regala como una olla vieja a la primera persona que encuentra.

—Yo no soy mala, Elodie, yo no soy mala, ¿por qué me tratas así? —ronronea Carmen Prado escondiendo la cabeza entre sus brazos—. Dame la mano, por favor, te quiero, ¿no ves que te quiero? —sigue rogando a la cocinera, que se distrae mirando por la ventanilla a más y más curiosos llenando los balcones, los techos de las casas, las panderetas, los postes de luz incluso, de los que cuelgan racimos de niños.

Más y más cabezas, manos, cuerpos, en cada cuadra, apareciendo desde todas partes, siguiendo en procesión la camioneta. ¿Qué buscan? ¿Quién creen que está aquí? ¿Un obispo? ¿Un Presidente? ¿La madre Teresa, el Papa? El Papa, adivina la multitud, el Papa porque es todo blanco, porque todo está lleno de cruces también blancas, el Papa porque anda en un auto grande, porque Haití es el único país que Su Santidad nunca visita, y debería ser el primero que visitase ahora que el cura fue expulsado del palacio presidencial, ahora que solo él y nadie más que él puede poner las cosas en orden.

—Solo quería que conocieras a mis hijas, que cuidaras a mis nietos —sigue Carmen Prado haciéndose perdonar con voz diminuta, al borde de las lágrimas—. Tú eres mucho mejor que yo, Elodie, tú eres buena, yo no, tú las puedes educar, las puedes querer de verdad, yo no puedo, yo soy mala, yo destruyo todo lo que toco.

Ruega con lo que le queda de voz para recuperar la atención de la cocinera. Entretanto, Elodie ve por la ventanilla los condominios derruidos, las plazoletas que se llenan de ojos, de brazos, de cabezas rapadas, de camisetas de Brasil y del Real Madrid, que saltan para tratar de que el Papa los vea.

—Yo te quiero, Elodie, ¿no te das cuenta? Yo te voy a querer siempre —continúa su perorata Carmen Prado—. Yo soy buena, no soy mala, yo quiero a todo el mundo, Elodie. No tengo malos sentimientos. No sirvo para ser mamá y no sirvo para ser esposa, eso es todo. No me educaron para eso, me prepararon para otras cosas mis abuelos, casas gigantes, banderas chilenas en el patio, el piano, todos los idiomas. Me educaron al revés, me prepararon para reinar, no para vivir. Me tiraron a los leones sin decirme qué hacer con esa marea de sentimientos horribles que todos te obligan a experimentar hasta el vómito. El amor, el odio, la vida, todo eso me sobra, Elodie, todo eso me asusta tanto.

Un helicóptero sobrevuela ahora la multitud. Una camioneta de policías haitianos llega a reforzar a los daneses, que no logran controlar a los fieles que quieren avanzar a como dé lugar hacia la camioneta blanca en busca de una bendición lejana del Papa que ahora nadie puede negarles que está aquí. Es él, Su Santidad, el jefe de Aristide, el que le dio todo su poder para quitarle después la sotana. El Papa llegando del Vaticano directamente a salvar al pueblo haitiano.

—¡Háblame, Elodie, háblame! —ruega Carmen, que, acostada en el fondo de la camioneta, no sospecha que la multitud ya las rodea del todo e impide el avance de la ambulancia improvisada que testarudamente sigue intentando avanzar entre los cuerpos que roza—. Háblame, por favor, dime algo. Estoy sola en el mundo, Elodie. Eres mi única amiga en el mundo… ¡Ya, pues, negra de mierda, péscame! Estás pálida, Elodie, ¿qué te pasa? Dime algo. ¿Qué está pasando?

Logra asir la mano de su amiga, que sigue completamente absorta en el mar de gente que cubre el asfalto. La camioneta blanca intenta acelerar y luego retrocede sobre la multitud, que al principio se retira para salvarse pero que luego se envalentona y se abraza a la carrocería para intentar frenar la ambulancia. Carmen Prado no entiende, no sabe, pero siente el topón macabro y a alguien que grita. No lo ve caer ensangrentado sobre el asfalto que la multitud rodea.

El Papa atropelló a un niño.

Llantos, quejidos, patadas furiosas a la camioneta, que ahora está aislada entre la muchedumbre cada vez más compacta de curiosos que salen de entre los arbustos, las plazas, las rejas más abandonadas de los alrededores. Todo Puerto Príncipe se halla de pronto en medio del asfalto de la avenida Delmas, separando del parachoques a un adolescente desmayado y bañado en sangre que blanden como una bandera de lucha contra la soberbia del Vaticano. Otros se encargan del chofer y en dos segundos lo despojan de su ropa; se oyen sus quejas, sus gritos, su vida colgada del primer poste que encuentran. Carmen Prado alcanza a ver su lengua afuera, el cuello sangrando a borbotones antes de esconder la cara entre las manos.

—¡Lo mataron! —grita, y ve acercarse por los cuatro rincones cien caras negras y amarillas, mil cuerpos que parecen coordinarse a la perfección para forzar la portezuela y encontrar, sorprendidos, lo único que no esperaban ver: en vez del Papa y sus cardenales, a una blanca abrazada a una negra.

Son sus *chiméres*, descubre de pronto Carmen Prado, sus *chiméres* que la quieren de vuelta. Multiplicados por cientos, por miles, son ellos y no la pueden dejar ir sin un último saludo.

—No te preocupes, yo los conozco —dice, y se yergue un poco sobre las piernas que había olvidado cómo usar. Se mantiene erecta, casi sin temblar, en su túnica de enferma. Una ciega confianza la yergue sobre esos rostros que instintivamente se arrodillan ante sus gestos papales. Pide con la mano un poco de aire para respirar, un espacio a salvo, lo justo y necesario para cumplir con su misión apostólica y romana, nada más. Un espacio sagrado, y un murmullo de respeto que se expande en círculos concéntricos en torno a la camioneta asaltada.

Hasta que, como una ofrenda, con extraña delicadeza, posan en el suelo al niño herido por la ambulancia, esperando que ella lo resucite. Destrozados los huesos, el rostro irreconocible bajo un solo hematoma morado.

Si se muere este niño hasta aquí nomás llegamos, adivina Carmen Prado sin necesitar que Elodie, completamente muda, se lo aclare con sus pupilas desesperadas.

Y llega la lluvia justo entonces, esa lluvia brusca y tropical de Haití ante la cual nadie reacciona, esperando no perderse un segundo del milagro que esa mujer, que no es el Papa pero sí su enviada, se apresta a hacer. La masa, como una ola, se aleja solo para crecer más y más. Elodie, entretanto, se retrae aterrada hasta el fondo de la camioneta y se abraza al primer fierro que encuentra.

¿Qué hago? ¿Qué mierda hago? Se arrodilla Carmen Prado ante el herido, lo revisa, pero sus manos no tienen dónde posarse en medio de tanta sangre. Busca una frase, una palabra en cualquiera de las cuatro lenguas que domina, un conjuro que pueda levantarlo de entre los muertos. No se le ocurre nada. La espera se prolonga, los asistentes al culto le permiten un segundo más de ensayo. Un segundo pero ni uno más, lo sabe, lo sabe e intenta lo único que no tiene ningún sentido, pero lo único que puede hacer también: cubrir con su cuerpo el cuerpo de la víctima, acostarse sobre el herido, hundirse en él para huir al menos de la mirada de la multitud, que no entiende nada.

—¡No te mueras, hijo de puta! —dice en el chileno más chileno que puede, como si fuese la única lengua bruja que conociera. La lengua de los borrachos a las orillas del río Mapocho, el calor sobre el monumento a Prat, el olor a cabeza de pescado podrido—. No se te ocurra morirte, cabro de mierda, no seas maricón, vive, ¡vive! —Le besa el cuello, le acaricia los flancos, le cubre como puede la bragueta buscando todo lo que haya de calor en él, tomando en su mano todo lo que palpita, lo que puede moverse y resistir—. No te mueras, tonto mío, no te mueras, no hagas la rotería de morirte ahora… —Encuentra una vertiente diminuta de sangre que lame por todo el cuello hasta llegar a las orejas—. Estás vivo, no te hagas el huevón, estás vivo, ¡no te mueras, es una orden!

Pero ese cuerpo a su merced parece resistírsele, a ella, que sigue dándole órdenes sin alzar jamás la cabeza, hasta que de pronto siente en su pecho una agitación que responde a su aliento, un temblor que quiere huir de su peso, que respira contra ella, que Carmen Prado empuja con sus propias costillas, más y más, hasta que logra algo parecido a un tosido, un poco de sangre entre los coágulos secos y la desesperación por volver a respirar, una vez, dos veces, tres, hasta que los pulmones regulan su ritmo y el pulso también, y las piernas que se le doblan, y el dolor que lo despierta.

—¡Ayúdame a levantarlo, ayúdame! —urge a Elodie, y unidas en un solo esfuerzo las mujeres alzan como pueden al herido para mostrarlo respirando a los testigos, que habían desconfiado pero ahora han visto lo imposible: la hija del Papa ha resucitado a un niño muerto en la avenida Delmas.

La lluvia, que con la misma violencia que llega se va, deja que un rayo de sol bíblico ilumine a la mujer blanca que carga como puede al niño resucitado, que anuda al fin sus brazos detrás del cuello de Carmen Prado.

—¿Viste? —Le muestra ella a Elodie el rayo de sol que cae recto sobre la multitud, que celebra el prodigio levantando los brazos; el rayo entre las nubes, la luz cálida, blanca, dichosa después de la tempestad—. La nieve no sirve para nada. Tú que no crees, mira, ahí está clarito, vino a saludarte.

Y no se atreve a nombrar a nadie, a aclarar a qué se refiere antes de aterrizar en los brazos de los daneses, que han logrado hacerse un lugar entre la muchedumbre para llevarla de vuelta al Mercedes Benz de la embajada que, con un nuevo conductor, y rodeado de todas las motos policiales de la ciudad, parte por fin hacia el aeropuerto.